家族のカタチ
～彼女の旅立ち～

原　敦 HARA Atsushi

文芸社

目次

家族のカタチ　～彼女の旅立ち～

プロローグ

「もういい加減にしてよ」

家内はそう怒鳴った後、ドタバタと階段を駆け上がり、階下まで風が届くほどの勢いで「バトムン」と音を立て、寝室の扉を思い切り閉めた。家内の怒りのメーターは完全に振り切れていた。

取り返しのつかないことをしてしまった。ごまかしようがない事実故に覚悟を決めて正直に伝えたはずだが、今ではもうその覚悟が揺らいでいる。

「別の言い方があったのではないか、もう少し考えてから伝えたほうが良かった、いや、いっそのことばれるまで黙っていれば良かったのかもしれない、あぁ、どうしよう、終わったな……」

後悔と絶望の言葉だけを脳内で連呼している。不思議なことに家内の前では、「申し訳ない」という懺悔の言葉で埋め尽くされていた心が、今では、伝えてしまったことが先走りすぎたのではないかという気持ちにすり替わっていた。

キャピちゃんと大喜利と私

　学生時代、飲食店でアルバイトをしていた。きっかけは友達の紹介。卒業までの小遣い稼ぎのつもりだったが、いろいろなお客さんと出会い、接客の楽しさを知った。そして料理の面白さ、奥深さを覚えた私は、「いつか自分で飲食店をやりたい」という夢を持つようになった。しかしそうは思いながら、現実は飲食店とはかけ離れた建築業界の会社に就職活動をしてサラリーマンになっていた私は、四十五歳を迎えた時、「行動を起こすのなら今しかない」と思い、家内にかつてから胸に秘めていた思いを打ち明け、実現したいと相談をした。安定した生活を望む家内は、初めは聞く耳すら持ってくれなかったものの、何があっても一切迷惑はかけない。借金を抱えて立ち行かなくなった時には、離婚してでも家族に被害が及ぶようなことにはしない、無論そうしない覚悟でやっていく、と情熱的に訴え続けた結果、説得に成功したのだった。そして、まずは経営を学ぶため、飲食店を手広く運営する会社に転職をした。

　学生時代に持った漠然とした夢だったが、八歳の年の差がある家内との間に第二子となる娘の愛華を授かり、この子が高校生になる頃に私は定年を迎え、大学に進学すれば学費を年金で支払うようなことになるかもしれない。しかし自営業なら定年はないのだという、いわば背水の陣のような気持ちも、私を大きく突き動かす原動力となっていた。

配属された店舗では、初めは多少手こずったものの、学生時代に経験していたことや、今でも現場で人が動いて成立する、いわば肉体労働的な環境は変わっておらず、慣れるまでにはそう時間はかからなかった。店で働いているアルバイトも、主婦、主夫層が多く、世代間ギャップはなく、また配属時、一番気にしていた「若い社員に年配の新人社員の私が気を遣われながら指導される」といったような環境ではなく、むしろ私が一番年下だったことに驚かされた。

一年ほど経験を積み、一軒のお店を任されるようになり、さらに一年が過ぎたそんなある日のことだった。ランチタイムによく餃子定食を食べに来てくれる二十代くらいの女性と、帰り道、駅前の交差点で鉢合わせた。信号を待っていた私の横に来た彼女は、きっと流行《はやり》の歌であろう曲を口ずさんでいた。何の気なしにそちらに顔を向けた私と目が合うと、

「あーどうも、いつもおいしい餃子有り難うございマース」

と、かなりご機嫌な様子で声を掛けてきた。

「こちらこそ、いつも有り難うございます」

と、笑顔で返したつもりが、その笑顔が引きつっていたのか、

「あー、なんか酔っ払いに絡まれたとか思ってるっしょ?」

と、酔った口調で絡んでこられたので、私の口から咄嗟に心の声がもれてしまった。

「違います、やべー、事故った、って思っただけですよ」

「ひどくなーい。てか、遅くまでお疲れさまデース」

本当にもらい事故である。

「随分ご機嫌ですね、会社の飲み会ですか」

「そうだったんだけど、三軒目行こうってなった時に、友達からライン来て、つい立ち止まって返信考えてたら、ヤバ、誰も居なくね、ってなって、あ、そのライン見る？」

と言って友達からのラインを私に見せてきた。随分と自由な生き様である。

スマートフォンの画面には、道路に落ちている手袋と、それを見つめるかのような三毛猫の写真、続いて〈写真を見て一言〉とだけあった。

「あり得なくなーい、移動中にこれ、そりゃ立ち止まるっしょ」

それは本人次第である。

「で、なんて返信したの」

「それ考えてはぐれたっしょ、そりゃはぐれるっしょ」

彼女なりにはぐれた理由付けはできていた。

「で、答えは？」

「わらわの行く手を阻むものは何人《なんぴと》たりとも許さニャイ」

「ゆるさニャイって……」

「ひどーい、じゃあ自分も作ってみてよ」

「届けるなら犬のお巡《まわ》りさんかニャ」

「何それ、ウケるー自分も『かニャ』とか言ってるし。とりあえず探しに行こ、てか、飲み行くか。お題、まだあんのよ、もうそっちのスイッチ入っちゃった」

「はい？」

「なかなかいい筋してるから、一緒に考えて、ね？」

突然のお誘いに少々戸惑いながらも、終電まではまだ一時間半はある。まあいいかという感じで押し切られつつ、若い娘《こ》の誘いに乗ってみた。

店を探すのも面倒なので、深夜までやっている自社系列のチャイニーズレストランに行くことにした。そこなら二人とも知っているので安心だ。

その店は、遅くまでやっている店があまり多くないこの街では、深夜まで営業しているのでいつ見ても大盛況だ。

顔なじみのスタッフたちに軽く会釈をし、テーブル席へと案内される。青島《チンタオ》ビールと口《コウ》水鶏《スイチィ》を頼み、彼女は梅酒のソーダ割りを頼んだ。

「じゃあ、このお題は？」

席に着くと、さっそく彼女は手に持っているスマートフォンの画面をこちらに差し出してきた。画面の写真を見ながら私が考えていると、

「てか、スマホ貸して」

そう言って、私のスマートフォンを取り上げ、ささっと何らかの操作をし、

「はい。これで送れるから」

と言って私にスマートフォンを返した。

驚いた。一瞬で私のラインに友だち登録を済ませた彼女は、お題の写真を送ってきたのだ。次は男の子が目を瞑り、ヘッドフォンで音楽を聴いているその後ろで母親が何かを言っているような写真だった。

「こういう普通の写真が難しいのよね。だっさん何か出た？」

だっさん？　私のことか？　確かに店では「原田さん」と呼ばれてはいる。人にもよることは分かっているが、やはり今の若い娘《こ》はなれなれしい。その思いを堪えながら、

「あきら、あんたの聞いてるのはラップじゃなくてお経よ！」

と、お題の回答をした後、

「どうですか、キャピちゃん」

と言い返した。ラインのアカウント名が「きあら」となっていたので、私も勝手にあだ名を付けて応戦したのだ。

「何それ昭和ーウケるー。それ、まんま行こう、斬新。ぽちっと」

「じゃあ次これね」

「あ、店員さんあたし、桂花陳酒《ケイカチンシュ》、ソーダ割りで」

完全に彼女に我が道を行かれてしまった。一杯目のビールをも飲み干していない今の私では、まだこの娘《こ》の勢いには追いつけない領域にいる。しかも私が勝手に付けたあだ名も気にせず受け入れているようだった。

お題が続き、酔いも少々回ってきた。当然終電も近くなってきている。

「もうこんな時間だから、私はそろそろかな。キャピちゃんはどこまで帰るの？」

「大井町、でもね、じゃじゃーん」

「おお、タクシーチケット！　久し振りに見たよ。ひょっとしてキャピちゃん営業？」

「なわけないじゃゃん、あたし派遣だもん。営業の人が、今日はきっと遅くなるからってくれたの」

「そうか、今どきタクシーチケット出してくれる会社って珍しいね。景気いいんだ」

「だっさんはウチどこ？」

「あ？　蒲田ら辺」

「そうなんだ、割と近所じゃね？　危ない所だから行かないけど」

いやいや、大井町も、今は知らないが、昔はなかなかの地域だったぞ。

「よくそう言われるけどね、そんなことないよ」

「ということで、すいませーん、ハイボールと杏ソーダくださーい」

「いやいや、帰るし。キャピちゃんも行くよ」

さすがに深夜に若い女性を一人置き去りにするわけにもいかない。

「でも、ここドリンク来るの早いよ。ほら来た」

系列店ながら、手際が良いことに感心する。でも、今は気を遣え。

「じゃ、先に飲み干したほうの言うことを聞くと言うことで、はい乾杯！」

私はそう言ってから、勢いに任せてキャピちゃんのグラスに自分のハイボールのグラスをカチンと合わせる。昔取った杵柄《きねづか》、建築業界で散々酒を飲まされてきた私は、ハイボールを一瞬で飲み干し、ついでに氷を一つ口に入れ、若干知覚過敏が始まった下前歯に当たらぬよう、ボリボリと奥歯で噛むパフォーマンスまでして見せた。

「嘘やろ……でも、今日はあたいの負けだよ。さ、好きにしな」

半分以上中身が残っているグラスを持ちながら、まだお題が頭の中に混じっている様子のキャピちゃんは、そう吐き捨てた。

「よし、じゃあ帰るとするか」

会計を済ませて外に出ると、目の前に十人くらいの団体がいた。

「やば、あれ会社の人じゃね？　ちょっとこっち来て」

服の袖を引っ張られ今まで居た店のほうに戻ると、私たちの前にちょうどタクシーが来た。

キャピちゃんは無言でさっと左手を上げてタクシーを停車させると、開いた後部ドアからシートへお尻を滑り込ませるように体を引き入れて私を手招きした。

「いや、私は電車で帰るから」

「いいから早く。ホシが逃げちまう」

どうやらお題のやりすぎで、彼女の頭の中は今、別世界に行ってしまったようだ。ま、帰る方向も一緒だし、大井町なら頑張れば歩けない距離でもない。もう少しの間だけ付き合うか。そう決めた私はタクシーに乗り込むなり、

「運転手さん、前のタクシーを追ってください」

そう言って、先ほどのお題にあったアメリカンポリスの写真を運転手に見せた。

運転手は、ぽかんとしながら、

「前と言ってもタクシーだらけでどれを追えばいいんですかね？」

そう言って、フロントガラスに顔を近付けた。

私たちは顔を見合わせて大笑いをしてしまい、

「すみません運転手さん。ちょっと大喜利をやっていまして、とりあえず大井町までお願いします」

「真面目か」

キャピちゃんが私の頭を漫才師よろしくペチンと平手で叩く。

すると運転手が堰を切ったように笑いだした。

「随分楽しそうですね」

「いやあ、盛り上がりすぎちゃって、もうこんな時間になってしまいました」

「運転手さんもさっきのポリスで一言！」

キャピちゃんがまた、我が道を行きだして、運転手にまで無茶振りをした。

「運転手さんも困っているからやめなさい」

「そうそう、あまりしつこいと公務執行妨害で逮捕しますよ？」

「えっ？　やるじゃん、運転手さん！」

車内は爆笑の渦に包まれた。賑やかなまま、タクシーは国道を右折し、商店街に入った。

「ここで降ります」

キャピちゃんはタクシーを停車させ、チケットに記入、署名をした。

「私はもう一度乗ります」と私が言うと、

「いえ、大丈夫です。行ってください」

そう言ってキャピちゃんは私の手を引き、タクシーから二、三歩離れた所で、タクシーが走り去るのを見届けた。

またもキャピちゃんの自由な振る舞いかと思いきや、

「あの運転手、ニヤニヤしながらあたしのこと何度も見てたんだけど」

脅えるように言った。

「そんな感じだった？　なんか感じのいい人だと私は思ったけど」

「あの人、降りる順番が逆だったら絶対なんかしてくる感じだった。だって、だっさんは気付かなかったんでしょ、あたしのことをじろじろ見てるの。そういうタイプよ。あれは」

なんともひどい言い草だが、彼女がそう感じたのならそうなのかもしれない。

「ま、でも行ったんだからもう大丈夫でしょ。この辺でタクシー来る所あるかな」

「ウチ来ない？　始発まで待てばいいじゃん。なんか悪いことしたし、さっきもいっぱいお金使わせちゃったし一人暮らしだから気にしないで」

「いやいや、さすがにそれはまずいでしょ」

「いいの、むしろ来て、まだちょっと怖いから」

彼女は本当に脅えているようだった。

「分かったよ。ひとまず家まで行こう」

引かれた手をそのままに、私たちはキャピちゃんの家に向かって歩きだした。曲がり角にさしかかるたび、彼女は辺りを見回していた。過去によっぽど怖いことがあったのか、その都度ぎゅっと私にしがみついてきた。

警戒していた彼女は自宅から少し離れた場所で降りていたようだった。多少酔いも覚めてきたところで、ようやくキャピちゃんの住むマンションに辿り着いた。このまま失礼しようと思ったが、先ほどの脅え方からすると、彼女の出方を見たほうが良いと判断した。

「さて、もう平気かな？」

「ううん、やっぱり少しだけでも上がってくれる？」

家の中で少し話でもしていればきっと落ち着くだろう。何かの縁だし、これも人助けだ。

そう思いマンションに入ると、今どきオートロックのないワンルームマンションだった。ここで若い女性が一人暮らしでは、警戒心も強くなるだろう、もしかすると本当に怖い目に遭っていたかもしれない。

エレベーターを二階で降り、彼女の家の前に着く。玄関の鍵も一つで、防犯上頼りない気がする。彼女は鞄から鍵を取り出し鍵穴に差すと、力を入れて鍵を回した。

「結構頑丈なんだよね、この鍵。鍵穴の中で鍵が折れたこともあるんだ」

それは頑丈とは言わない。

玄関は質素な感じだが、整理整頓されていた。というより物がない。靴も、見たところ今日履いていたものとスニーカーしか置いていない。私の家は、ほぼ不要なもので溢れているので対照的だ。部屋の中に入っても、テレビ、カフェテーブル、座椅子、畳んだ布団くらいしか置いてない。

「さ、飲み直そう。梅酒しかないけど、いいっしょ？」

そう言った彼女が立っているキッチンも、食器や調理器具がほとんど見当たらない。それが殺風景と言うよりむしろ居心地が良かった。小さい子供が居るとはいえ、仕事上整理整頓や定位置管理を心掛けている私は、不要なもので溢れている自宅にいつもうんざりしていた。

梅酒の入ったコップを手渡され、カフェテーブルの横に腰を下ろした。

「なんか、家入ったら急に安心した。やっぱりここがあたしの城だわ」

「さっぱりしてていい城だね」

「マジで貧乏してさ、なんにも買えないっていうのが本音かな。ウチ、家も貧乏だから奨学金貰って大学行ったんだけど、それを返すのが結構きつくて」

キャピちゃんは、新潟から出てきて東京の大学に通い、その間の生活費も仕送りなどは貰わず、自分でまかなっていたという。両親は離婚しており、母親との二人暮らしで、贅沢なことには一切無縁だったそうだ。大学生活も、学校とアルバイトとの両立で、楽しいキャンパスライフとは無縁だったという。それに追い討ちをかけるように就職活動でも希望の就職先からは内定が貰えず、たまたま登録していた派遣会社の募集に現在の派遣先の会社があり、それに飛びついたそうだ。派遣とはいえ有名企業で働けることに母親はたいそう喜んで、玉の輿に乗りなさいと鼻息荒く語っていたらしい。そういえば、ウチの店に食べに来る時も必ずバウチャー券を使用していた。普段は会社に弁当を持参しているとも言っていたので、相当節約しているのだろう。

一時間ほど話し込んだだろうか、時刻はすでに午前三時を過ぎていた。

「キャピちゃんも、もう寝たほうがいいよ。私もそろそろお暇《いとま》するから」

「始発まで居ればいいのに。あたしはちょっと横になるけど」

そう言って彼女は端に寄せていた布団を引っ張り出し、寝支度を始めた。気付けば着替えは先ほどトイレに行った際、さっさと済ませていた。

「ベッドじゃないってすごいでしょ。でもね、これなら万が一押し倒されても抵抗できそうじゃない？『布団敷いてから』とか言ってる間に逃げる。マジあたし、天才じゃね？警戒心バッチリ」

押し倒されることを想定している人生、大変そうである。

「あ、今は別ね。だっさんは信用してるから大丈夫。だって、やましいこと考えている人が飲んでる時にあんなに楽しそうに家族の話をしないもん。ちょっと嫉ましいけどね、子供も奥さんも。あたしはパパがいないからな」

彼女のことがとても不憫に思え、抱きしめてあげたくなった。しかし誘われたならまだしも、わざわざ私のほうから勘違いさせる行動を起こすなんて、そんな危険を冒す気はない。

「ん？」

頭の中で考えを巡らせているうちに、キャピちゃんは静かな寝息を立てて、ぐっすりと眠ってしまっていた。

「信用されているというより、男としては見られてないいってことね」

そう独りごちて、それならば、と、始発までもうしばらく居させてもらうことにした。

この日をきっかけに、私たちはラインでお題を考え合ったり、キャピちゃんの友達からお題が送られてきたりした時には答えを交換し合った。そしてキャピちゃんは、私に家族がいることを多少なりとも気にしているのか、私が職場に居るであろう時間にしかラインを送ってこなかった。

しかし、そもそも家内は私のことを信用？　というかそれほど関心がないのか、また、私も後ろめたいことは何もないため、リビングにスマートフォンを放置していたり、家に置き忘れて仕事に行ったりもするので、何の疑いも持たれていなかった。また、いつものバーの仲間からは、夜中や明け方にラインが来ることもしょっちゅうなので、いつ連絡が来てもさほど気にはしないのだが、そういったことを気遣える、良い娘《こ》なのだろう。それ故、私も不定期に来るお題に付き合ってあげることは全く負担と感じずに、楽しんですらいた。

しかしあの日にキャピちゃんから送られてきたラインは、いつもとは明らかに雰囲気が違っていた。

〈飲みに連れてって〉

送信時間からして、ちょうど店が忙しい真っ只中に届いたメッセージだった。かれこれ一時間以上は経過している。まあ、いつもすぐには返信ができないので今日も店が落ち着いた午後九時頃に、

〈どうしたの〉

と、とりあえずそれだけ送って様子を窺ったが、既読にならなかった。一息入れてから店に戻った時にスマートフォンが震えた。画面を見ると、

〈今日、飲みに連れてって〉

と、再度ラインにメッセージが入ってきた。

〈仕事が終わったら連絡するよ〉

私はそう返信し、仕事に戻った。

派遣をなめんなっつーの

閉店後、仕事を終えた私は、店を出てからすぐキャピちゃんに連絡をしてみると、彼女は自宅にいた。大体の到着時間を伝え、大井町駅近くの居酒屋で待ち合わせをした。

駅に着く直前、彼女に、

〈もうすぐ着く〉

とラインを入れて、先に店に入って待つことにした。とりあえず生ビールと枝豆だけ注文し、キャピちゃんにいったい何か起こったのか思案していると彼女がやって来た。

どうしたのかと聞くよりも早く、泣いていたのであろう、まだ目が真っ赤になっていることに気付く。

ひとまず生ビールのおかわりと、彼女に梅酒のソーダ割りを頼んだ。

「じゃ、お疲れ」

そう言ってジョッキを持ち上げ乾杯をしようとしても反応がない。

私が持ち上げたジョッキだけが宙を彷徨い、気恥ずかしくなった私は、ゴキュゴキュと喉を鳴らしながらかなり無理をして飲み干した。しかし相変わらず反応がないので三杯目の生ビールを注文し、ちびちびと飲むことにした。それを飲み干す頃、やっとキャピちゃんが口を開いた。

「なんでここなの？　夜景の見えるお店とか、おしゃれなお店はあたしには似合わないってこと？　連れて行く価値がないってこと？」

黙ってうつむいていた彼女が、急に荒れだした。私が悪いのか、いや違う。しかし口を挟むと大きな事故に巻き込まれかねないので、しばし静観することにした。

「すいません、生おかわり」

「あたしも」

キャピちゃんは、氷が溶けて二層になった梅酒のソーダ割りを一気に飲み干した。

「やるねえ」

「うるさい。場末の女はちびちび飲まないんだよ」

かなり荒れていらっしゃる。

「何か食べるかい？」

「当たり前でしょ。あたりめ」

やっといつもの調子に戻ったのかそれとも場末感の演出か、もう訳が分からない。

「私はお腹が減ってるからお好み焼きでも貰おうかな」

「ナニが貰おうかな、だ。気取ってんな、べらぼうめ」

私の記憶が正しければ、君は江戸っ子ではない。

しかしこうまで荒れるとは、相当なことがあったに違いない。少々腹立たしくは感じるが、来てしまった以上、愚痴だけでも全部吐き出させてやるか。そう思い再び運ばれてきた生ビールを持ち上げ、彼女の目を見て、

「じゃ、仕切り直しますか。チンチーン」

とイタリア語の乾杯を言ってみた。

途端に彼女が笑いだし、

「昭和やっぱすげー。親父ギャグにはかなわないわ」

そう言って、やっとグラスをカチンと合わせてきた。

しばし彼女は大学生時代の数少ない飲み会の話や、地元の友達の話などを一方的にしゃべり続けた。これで気が晴れるならそれでいいかなと、話の本題は若干気になったが、できれば穏便に済ませたい私は、「へー」や「そうなんだ」と相槌を打ち、機嫌を損ねないように努めた。

しかし、そうは問屋が卸さなかった。

「正直エリートとか言っても、男はみんな同じなんだよ。派遣には派遣の意地があるっつうの。なめんな、マジで」

予想はついていたが、やはり男関係だった。彼女は蘇ってきた怒りをそのままに、話を続けた。

派遣先の、違うフロアだが同じ会社の男性社員に誘われて何度か食事に行ったり、飲みに行ったりしていたと言う。いわゆるデートということなのだろうが、特に告白されたりというような雰囲気にはならず、話は合うものの、彼の外見はタイプでもないし、友人以上としては考えていなかった。それでも気軽に誘える友達ができたことで、会社に行くことも楽しくなったという。

そんな関係が続いていたので、今日、彼から自宅に誘われた時も、何の抵抗もなく了承したのだと言う。また、いつもご馳走になってしまっているのでお返しに何か作ってあげようかな、というか、そんな気持ちも相まって承諾したのだそうだ。

いつ始まって、まだ続いているのかどうかも怪しいスーパーフライデーということで、早々に退勤をし、彼の自宅近くのスーパーマーケットで買い物をした。簡単に作れて失敗も少ないカレーと、それに合わせてサラダや軽いつまみ、梅酒ソーダと缶ビールを買って彼のマンションまで行ったそうだ。

「男の人の部屋にしては、きちんと片付けてるね」

彼は無言で照れくさそうに首を横に振った。居心地の良さそうな感じの部屋、上着をダイニングの椅子に掛け、駅前のスーパーマーケットで購入した品物を、一旦テーブルの上に並べていると、彼から、

「飲み物を持ってこっちにおいでよ」

と声を掛けられた。

言われるがままに、缶の梅酒ソーダを持って彼の座っているソファの隣に腰掛けた。缶を開けようとプルタブに指をかけた瞬間、いきなりソファに押し倒され、彼があたしの上に覆いかぶさってきた。

驚きのあまり声が出ない。

彼は一気に顔を近付け、唇をあたしの口に押し付けてきた。驚きと、彼の行動が理解できないあたしは何の抵抗もできずにいた。その様子を良いほうに捉えたのか、彼は両手であたしの頭を押さえ、生暖かい舌で無理やりあたしの唇をこじ開けるようにし、そのままの勢いで舌をねじ込んできた。

衝撃だった。あたしには全くそんな気はないのに、そして彼もあたしを友人として接してくれていると思っていたのに、動揺は収まらないが、やっと思考が安定してきた。抵抗しようと手足に力を込め動かしてはみたものの、かえって彼の体を力強く抱きしめるようになってしまい、絡めてくる彼の舌を自分の舌で押し出そうとした結果、舌同士が絡みつくようになって、しかも思いもよらぬことに、喘ぐような、搾り出すような声が、

「……ぁあん……」

という声が漏れてしまった。心の中で「違う違う」と叫んでいるが、口を押し当てられているため、漏れる声は、

「……ぃあん……ぃあん……」

と、まるで「いやよいやよも　好きのうち」みたいになってしまっている。

その声を聞き逃さなかった彼は、今度はじっくり、大きく舌を回したり、ピストン運動のように舌を手前から奥、奥から手前へと動かし始めた。そしてあたしの太ももに、浮き

上がった血管の、血流を感じ取れるくらいパンパンに硬くなったイチモツを擦り付けてきた。

「やめろって言ってんだろ」

もう観念したと思い込んだ彼が、やっとあたしの唇を解放した瞬間、今しかないと思い、ありったけの声でそう叫んだ。

効果は覿面《てきめん》だった。

今度は彼が事態をのみ込めず、ポカンとしている隙に、彼に跨られていて身動きのできなかった体を滑り出すように引き抜き、先ほどダイニングの椅子に掛けた上着とバッグをひったくるように取り、玄関のほうへ急いだ。

「散々奢ったじゃないか、玉の輿に乗るために派遣で来てるんだろ」

「何人その手で新人の派遣を食ってんだ、お前。でもな、これ、パワハラとかセクハラで訴えてもいいんだぞ、今写真も撮ったしな、それが嫌だったらあたしにはもう構うな。少しでもあたしの良からぬ噂が社内で出たら、お前だと見なして即これを会社に証拠として提出する。分かったな」

そう吐き捨て、彼の家を後にした。

――そんなことが今日、あったという。食材は、ちゃっかりと証拠品としてもらって帰ってきたそうだが。

「とんでもない奴だな」

話を聞いた私は、苛立ちを隠せず語気を荒げて言った。社会人になって間もない女性に優しい振りをして近付き、立場を利用して事を成そうだなんて、卑劣極まりなく、男の風上にも置けない。しかし、さすがキャピちゃん。叩きのめしたうえに、戦利品まで持ち帰るとは天晴れである。

「今日は飲むか、安心しろ。私は家に誘ったりしないから。なんてったって怖い女房と可愛いベビちゃんがいるからね」

「ごめん、まだちょっと笑いには昇華させられないわ」

少しでも気持ちを上げてあげようと思って言ったことが逆効果だったのか。

「でも、気分を変えてくれようとしたんだよね、有り難う。じゃさ、ベビちゃんの写真見せてよ。癒やされたい」

彼女の求めるままに、私はスマートフォンに入っている子供の写真を見せることにした。

初めは私がページをめくるように写真を次々と表示させていたが、キャピちゃんはスマートフォンを私の手から奪い去り、自分で写真を見始めた。特に見られて困る写真は入っていないので、スマートフォンをそのままキャピちゃんに預け、私は少しばかりぬるくなって気の抜けた生ビールをグイと飲み干した。おかわりを頼もうとして、そして、キャピちゃんの分も頼もうかと彼女に問いかけようと視線を向けると、彼女は画面を見つめて固まっていた。

何かおかしな写真でもあったかと思い覗き込むと、そこには息子の直樹が撮ったのであろう、私と家内が左右から愛華を抱きしめている写真があった。

「幸せそうだね」

彼女はポツリとつぶやいた。続けて、

「もうあたし会社行きたくない。男がみんなそういう奴に見えてくる。草食系の振りして罠を仕掛けて、かかった途端にガブリって感じ。もう世の中そんな奴しかいないの」

「そんなことないよ。まず、私は違う」

「だっさんはねぇ、ちょっと前のコマーシャルに出てた、狼たちを欺いてた羊？　きっと救世主なんだよ、女性たちの」

「救世主？　私はそんなに尊いの？　気付かなかった」

「ま、今は違うけどね、結婚しちゃってるから」

やっと調子が戻ってきたようだ。

時計を見ると二時を回っていた。私も酔ったがキャピちゃんも緊張がほぐれたのか、酔いが回っているようだった。彼女がトイレで席を立っている間に会計を済ませておいた。

戻ってくる時の彼女の足取りは誰が見てもフラフラしていた。俗に言う千鳥足だ。ひとまず水を飲ませて落ち着かせ、家まで送ることにした。

「ここで大丈夫だよね」

マンションの下まで来たところで、私は彼女にそう語りかけた。

「やだ」

いつもの調子で彼女はわがままを言ってきた。これでいつもどおりかと安心した私は、

「じゃあ、どうする？　お題でもする？」

「いいから上がっていって」

今日はとことんまで付き合ってあげると言った手前、断るのは男らしくない。そして、以前のように勝手に寝るだろうと高をくくり、

「じゃあちょっとだけお邪魔しますか」

と言って、再び彼女の家に招かれることにした。

以前と同じくさっぱりとした部屋で、そういえばこんな感じだったな、と思い出しながら中へ入る。しかし以前とは若干様子が違っていた。すでに布団が敷かれているのだ。

おやっと思ったが、あんなことがあったのだから、きっと布団の中で泣いていたんだろう、目も赤く腫らしていたし。かわいそうに、散々な日だったんだろう、と同情した。

以前と同じようにカフェテーブルの横に腰を下ろすと、パチンというスイッチの音と共に明かりが消え、部屋が闇に包まれた。

咄嗟のことに振り返ろうと頭を動かすと、後ろからキャピちゃんが抱き付いてきた。私はこの事態を冷静に判断しようと、優しく彼女に囁《ささや》きかけた。

「どうした、まだ不安かい」

「このままがいい」

そう言って、彼女はもう少しだけ力を強めて私にしがみついてきた。

少しの間背中を貸してあげていたが、私も男である。反応してしまう前になんとかしないと先ほどの男と同類にされてしまう恐れがある。彼女を刺激しないように、この空気を和らげる言葉を搾り出すため頭をフル回転させ、「ピン」ときた。これも「お題」をやってきたお陰だろう。

「私の足、臭いよ」

「大丈夫。この間も臭かったから」

なんということだ、会心の一撃を放ったつもりが受け流され、切れ味鋭く致命傷になり得る言葉で返された。顔から火が出るほど恥ずかしい。むしろ今の時点では私のダメージのほうが大きい。もう次の言葉を発することができなかった私は、そのままじっとしていることにした。

すると、強くしがみついていた彼女の腕の力が緩み、今度は私の背中に頭を押し付けてきたまま、私の体を優しくまさぐり始めた。

私は堪らず、

「ちょっと待って」

そう声を掛けてみたが、彼女は構わずに、今度は強弱をつけながら、触れるか触れないかのソフトなタッチと、激しく揉みしだくような大胆さで私の体を弄んでいた。

「いかん」私の一番大事な、若い頃であれば優先順位は常に上位、高い頻度で一位になる私の相棒が、完全に目覚めてしまった。

すでに悪魔の囁きのほうが断然有利な状況下で、理性という名の天使はかなり分が悪い。無の境地。ひたすら何も考えるなと頭の中の私がつぶやき、首を横に振り、そういうことも考えるなとさらに首を振る。座禅など組んだことのない私には、これは無駄な作業だった。

彼女の頭が私の背中から離れ、今度は少しだけ長く伸ばした爪の先で、私の頭を、これもまた優しく、カリカリかきむしるようにしたかと思えば、指の腹で頭皮をマッサージするるようにかき乱してくる。理性がぶっ飛ぶ寸前に、最後の勝負とばかりに考え抜いた一言を発した。

「今度はカツラチェックかい」

パッと手の動きが止まり、しばしの沈黙……。

「キスして」

私の耳元で、彼女は冷静にそうつぶやいた。

ここで行かないのはもう男ではない。しかし、家族がある私は今、男である前に夫であり、父親である。首の皮一枚の理性を残した状態で、私はなんとか踏みとどまった。

「そんなことしたら、それだけじゃ終われないよ。俺だって男だからね。だからここまでおしまいだよ」

私が言い終わると、すぐに彼女は私の頬に両手を当て、口元に、もう濡れきって猥らに妖しく艶めいているであろう自分の唇を押し当て、強く、私を吸い上げてしまうくらいの勢いで吸い付いてきた。相棒に直接電流が駆け抜けた。脳からの指令が断たれた瞬間だった。

「何度シャワーを浴びても取れないの。あいつに汚された感覚が。このまま明日になっても、まだきっとこの汚れは落ちてくれないの。だから、原田さん、あたしを綺麗に洗い流して。この悔しくて汚されたあたしを何もなかったように綺麗に、お願い、忘れさせて」

キャピちゃんの心に堰き止められていた怒りが、そして傷つけられ弄ばれた心と体が、感情が、全てを爆発させるように言葉で撒き散らされた。

女性にここまで言われて、行動まで起こされたら、もう私も黙っているわけにはいかなかった。彼女の両肩を抱き寄せ、今度は私が触れるか触れないかの強さで彼女の唇を吸って反応を見た。

彼女も私の両脇から手を回し、右手の指先で背骨に沿って上下に、腰の辺りまでゆっくりと往復させる。キャピちゃんも覚悟を決めてのことだろう。私でよければ彼女が納得いくまで綺麗に、元通りのキャピちゃんに戻れるよう協力しよう。不貞ではない、これは人助けである。差し伸べたのは手である。差し込むのは……。

「きあら、俺はもう止められないよ、いいね」

彼女は無言で腕に力を込め、もう一度私の唇に吸い付き、舌で唇を押し広げ、そのままなまめかしく舌を侵入させてきた。

「だっさんって、この時が一番格好良いね」

そう言って、ちょんちょんと唇を合わせてきた。

「きあら、とか、俺とか言っちゃって、あれだけで感じちゃった」

言葉を発するたび、少し間が空くたびに、彼女は小鳥のようなキスを繰り返した。

カーテン越しに外が明るくなってきたことが分かり、さっきまで私たちの輪郭を確認することが精一杯だった夜の闇と、街灯からこぼれてくる淫靡な気持ちを誘うような薄明かりが、一変して爽快感と共に一日の始まりを告げようとしていた。

いつの間にかキャピちゃんは私の隣で目を閉じて静かな寝息を立てており、外では小鳥たちが楽しそうにさえずっていた。

奴か、奴が来たのか

そんな出来事があり、数ヵ月が経った。

その後はお互い求めることもなく、あまりにも情熱的ではあったが、神秘的な時間でもあり、二人の記憶の中では昔話のような事実無根な思い出へと風化しかけていた時、キャピちゃんから家に来てほしいというメッセージが届いた。

ここしばらくはお店に餃子を食べに来ることもなかったが、あの日以降も、いつもどおりのお題によるライン交換は不定期に続いていた。だが、お互いそれ以上の関係にはならなかったし、時折不埒な気持ちが頭をよぎることはあったが、そのたび私の中の天使が圧勝していた。なので、また男性関係で愚痴を言ってくるのかな、と、軽い気持ちで考えていた。

仕事が終わり、大体の到着時間を伝え、彼女の家に急いだ。手ぶらは良くないと思い、途中にあるコンビニエンスストアで梅酒ソーダとビール、アテになりそうなお惣菜を少し仕入れてからインターホンを鳴らした。

「久し振りだね、会うの。はいこれ」

買ってきたコンビニ袋を手渡し微笑みかけるが、彼女は目も合わせず、何も言わずに受け取ると、そのまま部屋の中へと入っていった。

「これはまた、重症だな」

玄関で独りごちた私は、靴を脱ぎ、彼女の城の中へと足を踏み入れた。

今日は布団は折り畳まれたままだった。

ほっとするような、少し残念な、男心も複雑である。

「今日も足臭いけど、我慢してな」

もうこのフレーズは挨拶代わりになっている。

「ヴエッ」

彼女もふざけて返してきたのかと思えば、どうやら勝手が違う。そのままトイレに駆け込み、えずいていた。

これでもう私は察した。この後の問題は、相手は私なのかどうかという、下種《げす》なことを思い浮かべていた。私は足を座椅子と座布団の間にそっと忍ばせ、彼女が戻るのを待った。

「もう、ずっと来てないの」

戻るなり、彼女は目を伏せて語りだした。

多少遅れることはあっても、今までは大きく狂うことはなかった。しかし、友達だと思っていた男性社員に襲われそうになったこともあり、会社へ行くことも相当な苦痛を感じていたし、年末年始で仕事が忙しかったり、金銭的な余裕もなくなって帰省もできなかったりして、それもストレスに感じていたから、こういうこともあるんだろうな、くらいに考えていた。そして、生理予定日より一ヵ月以上遅れたことに強い不安を感じながらも、行為自体していないので、これは精神的に参っているから、ホルモンバランスによる生理不順だと今日まで自分に言い聞かせていたという。

「していないって、あの日以降は来たの？　生理」

「ううん、来てないけど、でも、誰ともしてないの。だっさんに抱きしめてもらったけど、あれはあれであっという間に終わっちゃったから、あの日のことはあたしの中ではしてないことになってる」

すいませんでした。あっという間で本当にすいませんでした。

「じゃあ、それっきりで他にはないんだね」

「うん」

それだ。恐れていたことが現実になった。彼女はお腹に私の子供を宿している。

「病院とか、検査キットで試したりはしたの？」

私が問うと、

「じゃん」

後ろ手に隠していたのか、その声とともに、検査キットの箱を私の眼前に差し出した。なぜこの娘は時折緊張感がなくなるのだろう。

彼女が見せてきた「それ」は過去に何度も家内と検査を繰り返した経験のある検査キットで、真ん中のくぼみに小水をかけ、赤い線が出てくると確定。という単純明快な代物である。

「大丈夫だと思うの。してないんだから。でもね、もしもとか、万が一とか、そしたら一人じゃ受け止めきれなさそうで、だからだっさん、一緒に見てくれるよね」

彼女はまだ希望を捨てていなかった。しかしこれはスポーツの試合ではない。小水を検査キットにかけたら結果が出るのだ。あの先生が、小太りな先生が、ボールを拾ってくれ、「諦めたらそこでゲームセット」的なことなどを言ってはくれない。もう、破れかぶれだ。

私は強めの口調で命令を下した。

「ヨシ、キャピ君、今からトイレに行って、そのキットに思う存分ぶっ掛けて来い」

「イエッサー」

彼女は検査キットを持ったまま敬礼し、トイレに駆け込んだ。

数分後、トイレから、

「隊長、敵機発見しました。一機だけ、まっすぐ向かってきます」

「何色だ」

「赤です。赤い」

「奴か、奴が来たのか」

二人とも現実逃避に必死である。

程なく彼女は私の待つカフェテーブルの横に来て、結果を見せた。

もう逃れられない現実が彼女の手の中にあった。


四月一日とは言わせない、いや、言わないでください……


うまい対処方法をいくつも模索した。しかし、まとまるわけなどありようがない。そして家内は女性問題に関して私に絶大な信頼を置いている。このことが発覚したら、離婚だけでは済まさないはずだ。直樹は成人しているからいつか理解してくれるとしても、もうすぐ三歳になる愛華には、二度と会わせてはくれないだろう。ひと昔前の権力者であれば、何とでもできただろうが、今も昔も私にそのような権力はない。そんなところに追い討ちをかけるようにキャピちゃんからメッセージが届いた。

このところの不況で、いきなり今月を以て派遣社員はほぼ全員契約打ち切りとなり、失業してしまうとのこと。だからといって、今から出産を控えた妊婦を新規で雇ってくれるところなどないだろう。そうなれば家賃を払うこともできないし、奨学金も返せない。妊婦なのに病院代もなければ実家に帰ることもできない。どうしていいか分からないという。

〈泣きっ面に蜂、いや、サブマシンガンで蜂の巣さ〉

このような状況でも、ラインのメッセージはまだマイペースなキャピちゃんではあったが、現実には彼女も私も、もう八方塞がりだった。

ここから私の頭の中は、偽装工作案を模索するのに必死だった。真っ先に中絶を考えたが、手遅れなのだろう。彼女からもその話は出ていないし、きっと判明するまでに日にちが経過しすぎている。ある程度まとまったお金を渡して帰省してもらうことも考えたが、玉の輿に乗ることを懇願していた彼女の母は、彼女からこの事実を聞かされた時、真逆の事態に怒りを覚え、勘当同然の言葉を発したらしく、その望みは絶たれていた。こうなったら開業のために貯めていたお金を彼女に渡して一人で頑張ってもらい、お金を引き出したことが家内にバレたら、誰かに貸したことにして……この手でいくか。しかし、架空の友達にそんな大金を貸す話は無理がありすぎる。そして私は嘘をつくのが下手だ。

家内に正直に話そう。今までも、変にごまかすより正直に打ち明けたほうが彼女は許してくれていた。今回のことは、今まで犯してきた小さな罪とは比較することはできないが、彼女の性格を鑑みると、きちんと謝り、事情を説明したほうが理解を得られるのではないか。

腹は決まった。私が望むような甘い結果など迎えはしないだろう。しかし、これから起こることを、投げかけられるであろう憤怒の言葉に、真摯に向き合い、出された結論を素直に受け入れよう。

キャピちゃんにも、家内に正直に話すことを返信で伝え、了承を得た。

いつものバーで夜な夜な繰り広げられていた「大人の三者面談」（不倫相手同席でパートナーに謝罪する場）の舞台に立つ日が、この私に訪れるとは思いもよらなかった。あの場で笑い飛ばしていた自分に、今ではしっかり聞いておけば良かったと後悔しつつ、面談に向けて心を整えた。打ち明ける日は明日、四月一日に決めた。


「冗談で言ってるの？」

「いや、スマン、本当だ。誰に相談してもらっても構わない。今後のことは君が一番気の済むように決めてくれ」

「エイプリルフールなんでしょ」

「いや、たまたま今日がその日なだけ……」

「ふざけないでよ、あなたが俺も協力するから産んでくれって、愛華の時にそう言ったわよね、それが他所《よそ》で子供作って、どこで何の協力してるのよ、アアン？」

家内の言うとおりだ。愛華がお腹にいると分かった時、直樹はすでに大学生で、やっと子育てのゴールが見えてきたところだったし、高齢出産ということもあり、家内は強く出

産を拒否した。そんな彼女に幸せを運ぶコウノトリの話をしたり、運命を受け入れような
どと言ったりして、私が何度も説得し、できることは何でもするから産んでほしいと、半
ば懇願して出産に至った経緯もあり、彼女の激高に返す言葉はなかった。
「もういい加減にしてよ」
家内はそう怒鳴った後、ドタバタと階段を駆け上がり、階下まで風が届くほどの勢いで
「バトムン」と音を立て、寝室の扉を思い切り閉めた。家内の怒りのメーターは完全に振
り切れていた。

どれくらいの時間が経っただろう、しばらくして、家内の寝室の扉が開く音が聞こえた。

「来る」

咄嗟に私は身構えた。今、私の頭の中には「離婚」の二文字しかない。家内の出してく
る条件は全てのむ、そう覚悟を決めた。

彼女は私の正面に立ち、重い口を開いた。

「その娘《こ》、ウチに来ればいいじゃない」

「へ？」

「行くとこないんでしょ、その娘《こ》」

「へっ、ウチ、えぇっ」
「嫌だけど、本当に嫌だけど、お腹の子はあなたの子だし、生まれて来る子には罪はないし、父親だって必要だし。百歩も千歩も譲って、愛華にきょうだいができるって思えば……」

話が予想外な展開になってきて、とても思考が追いつかないが、家内の言わんとすることをまとめるとこういうことになる。

・我が家で面倒を見ると言っても、彼女が一人で生活ができるようになったら、引っ越してもらう。
・家事は協力し合う。
・ルールは原田家のやり方に従う。
・間違いは起こさない。

キャピちゃんと直接話をして、彼女がこの条件に同意できるなら、しばらくはウチに住まわせてあげる、ということだった。

しかし、仮にキャピちゃんが同意したとして、一番の問題はお互いの実家と直樹への説明だったが、家内はそこまでもすでに思案を巡らせていた。

まず家内の実家には、キャピちゃんの身元は私の友人の娘で、すでに友人は他界している。友人の奥さんはすぐに再婚してしまったため、頼りようがない、むしろ邪険に扱われてしまった。あまりおおっぴらにする話でもないので、この際、他人に根掘り葉掘り聞かれるのも面倒だから、いっそのこと家内の遠い親戚で、事情があるため東京に滞在する必要があり、その間我が家に身を寄せている、ということにする。私の実家にも家内の遠い親戚だということで話を通しておけば良い、ということだった。

我が女房ながら、なんて懐の深い、慈愛に満ちた回答だろうか。しかも申し分ないくらい機転が利いている。考えもしなかった解決方法がお上から下された。

すでに深夜零時を回っている。日付は変わった。もう今の話はエイプリルフールとは言わせない。言わないでください……。

大人の三者面談

家内に打ち明けた次の土曜日、さっそくキャピちゃんと私たち夫婦で「大人の三者面談」をすることが決まった。

当日は、私の心の中を映し出すかのように、どしゃ降りの雨で一日が始まった。

本来、保育園では夫婦のどちらかでも仕事が休みの場合は、子供を預けてはいけない決まりだが、さすがに今日は二人とも仕事があることにして、朝一番で娘の愛華を保育園へ預けてきた。

冷たい雨の中、足元も肩も、背中までもがびしょ濡れになりながら、晴れた日なら自転車で五分ほどの道のりを、愛華をベビーカーに乗せ、二十分かけて保育園まで送って行った。家までの帰り道は、この後の展開が頭に浮かび、気が重くなり、さらに時間がかかっていた。

憂鬱な気持ちで家に戻り、ベビーカーを畳むため、掛けていたレインカバーを外して雨粒を軽く振り落とす。自分にかかっているような気もするが、びしょ濡れなので気にならない。私も着替えないと風邪をひいてしまうし、もうじきキャピちゃんも来る。脱いだ洋服はそのまま洗濯機に突っ込み、体を拭いて急いで着替えた。

リビングに行くと、家内が椅子に腰掛けてスマートフォンをいじっていた。

「いやあ、どしゃ降りだったよ、参っちゃうね」

独り言とも取れる感じで語りかけてみたが、無反応だった。夫婦喧嘩が長引いている時によくあるあの光景だ。

沈黙が続く重い空気の中、どれくらい時間が経っただろうか、とてつもなく長い沈黙だった。その空気を切り裂くようにインターホンが鳴った。

家内が立ち上がり、

「はい」

とインターホン越しに応える。その場でじろりと私を睨み付け、顎を左斜め上にクイッと傾け、無言で行けとの指令を送ってきた。そそくさと出迎えに行く私、完全に手綱を握られている。

玄関のドアを開けると、キャピちゃんが引きつった笑顔で、

「こんにちは」

と挨拶をし、右手に持っていた家内の大好物の洋菓子、ポックポックのシガーラを差し出してきた。

「これは直接家内に渡したほうがいい」

そう言いながら手土産を彼女の手に戻した。そして、もう一方の手で傘を受け取ると、タオルを渡して濡れた体を拭いてもらい、靴を脱いだキャピちゃんに、二階に上がるよう声を掛けた。私はもしも彼女が転んでも支えられるように後ろからついて行くようにした。

二階に上がると、家内はダイニングテーブルの椅子に腰をかけ、私たちを待ち構えていた。

「初めまして、朝日きあらです。このたびは、大変ご迷惑をおかけしました」

キャピちゃんは、芸能人の謝罪会見のように、深く、長いおじぎをした。慌てて私も家内に向かって頭を深々と下げた。

「そこにかけて」

家内は事務的な口調だった。

「あの、これ……」

キャピちゃんは先ほどの手土産を紙袋から出し、家内に差し出した。無言で受け取った家内は、チラリと私を一瞥すると、手土産の箱をテーブルの上に置き、

「あなた、椅子ぐらい引いてあげなさいよ」

と、私を一喝し、彼女には対照的に優しい口調で、

「朝日さんは温かい麦茶のほうがいいわね」

そう言ってお茶の支度を始めた。手土産の効果は覿面か。

私たちは、萎縮しながら家内がお茶を用意して着席するのを待った。いつもは明るく少しおっちょこちょいなところがある家内が、今日は威圧感たっぷりな、映画に出てくる悪いお妃様のような立ち居振る舞いであった。さしずめ私たちは、へまをやらかした家来、といったところか。

着席すると、家内はすぐさま本題に入った。

「話は主人から聞きました。この人は追い詰められると嘘がつけない人だから、一応は信用してますけど、本当に恋愛関係ではないのね」

直球勝負だった。きっと遊び球など投げずに三球で仕留めるつもりだろう。

「はい。誓ってそれはありません」

分かってはいるが、断言されるとそれはそれで寂しい。

「あなたはどうなの、こんなに若くて可愛い娘さんと知り合って、やましいことを狙ってたんじゃないの」

「はい」

「アアん？」

「いや、違います。考えたこともありません」

緊張のうえ、牽制球が鋭すぎて危うくアウトになるところであった。

「それと、お腹の子は間違いなく主人の子だと言うのね」

「はぁ、どういうことですか」

「他の男性との可能性を聞いてるの」

「当てずっぽうで、言いがかりだと思っているんですか」

どうしたキャピちゃん、雲行きが怪しくなってきた。

「あたしは誰ともしてませんし、そんなに軽い女じゃありませんけど。今回だって、あたしは原田さんとのことは『した』うちには入れてなかったから、初めは生理不順だと思って、でもやっぱりおかしいなと思ってても誰にも言えないし、一人で結果を見るのも怖いから一緒に見ようって、それで相談したら原田さんが『俺の子だ』って」

どういうことだ、隠し球に引っ掛かって塁間で挟まれてないか、俺……。

家内が鬼の形相で私を睨み付けた。

「よく話が見えないんだけど、あなたの子じゃないの」

「いや、間違いなく私の子なんだが、行為自体があったというか、彼女の中ではなかったことで処理できるくらいのスピード感があったというか……」

旅もしていないのに恥をかき捨てている。

「だからどっちなの」

「結論から言うと、原田さんとの子供です」

隠し球成功。キャピちゃんが冷静にとどめを刺した。

「まあ、結果は変わらずってことね。で、あとは、話していないことはないの？　後々出てきたら我慢できないわよ。すでに爆発寸前なんだから」

「あの……」

キャピちゃんが口を開いた。やめてくれ、何を言いだすつもりなんだ。君は空気が読めない……。

「原田さんは本当に悪くないんです。話をするようになった初めからずっと、聞くのは奥様やお子さんたちのことで、本当に楽しそうに話していて、奥様にいつも嫌がられながら、『行ってきます』のチューをするとか、奥様の休みに合わせて自分も休みを取ったりしてるとか、そんな話ばかりでした。あたしは父親もきょうだいも居なかったから、羨ましくて、そんな家庭に生まれたかったなって」

「…………」

「本当に申し訳ありません」

キャピちゃんが、改めて深々と頭を下げた。

「その言葉、信用していいのね」

「はい。もちろんです」

家内は無言で目を閉じ、下を向いた。しばらくの沈黙。そして彼女は顔を上げ、目を見開き、そう、覚悟はできたわねと言わんばかりの表情で私の目を見据え、ゆっくりとキャピちゃんに目線を移した。なぜだろう、家内の表情は変わっていないのに、微笑んでいるような、優しさで包み込むような。まるで子供の過ちを戒めた後に許容する母親のような、愛に満ち溢れた顔に見えた。

「朝日さん、あなたさえよければここにしばらく住んでみるのはどうかしら。これからもっと大変になるのに、実家にも帰れず、仕事だってそんな体だと今からじゃ見つからないでしょ。まぁ、あなたがよければばっていう話だけど」

「奥様、有り難うございます。原田さんがあたしに優しくしてくれたのも、こんなに素敵で寛大な奥様が居るから、やっぱり原田さんは、いえ、ここのご家族は現代の救世主です」

一瞬家内がきょとんとして、それから笑い始めた。

「ふふっ、なぁに？　この娘《こ》、おっかしい、だって救世主って、ふふふっ」

「本当にそう思ってるんです。だって、こんな話聞いたことない。母にだって、『二度と帰って来るな』って、『そんなふうになるために東京に行かせたわけじゃない』って言われたのに……うぇーん、ひっひっうぇーん」

キャピちゃんが泣きだした。居場所がなくなった私は、冷めてしまったお茶を淹れ直すしかできることがなかった。

「でね」

ひとしきり笑った家内は、キャピちゃんが泣き止むのを待って話を切り出した。

「朝日さんのこと、あなたはなんて呼んでるの」

「えっ、ああ、キャピちゃん」

「そう、じゃあキャピちゃん、住んでもらうには、いくつかルールを決めておかないと困ると思うの、そうでしょ」

「はい」

「じゃあ、まず一つ目は遠慮しないで意見はしっかり言うこと、今からよ。だって遠慮をし合ってたらお互いやりづらいでしょ」

続けて家内は私と話し合った時に前もって決めておいたルールを一通り説明した。

「はい。大丈夫です。居候させていただけるだけで有り難いのに、自分の主張なんてしません」

「それは駄目よ。言いたいことは私もはっきり言うからね。あとは、絶対に間違いは起こさないこと。直樹も含めてね。それが一番の約束」

「はい。間違っても間違いは起こしません」

キャピちゃんの受け答えは、時折首をひねるものになる。

こうして原田家とキャピちゃんによる「大人の三者面談」は無事幕を閉じた。

この後、引っ越しの日取りと部屋割りを決めて、キャピちゃんが持ってくる荷物の量を確認した。

３ＬＤＫの我が家は、一階はトイレと風呂、洗面台、寝室。二階はリビングとダイニングキッチン、三階に寝室が二部屋という間取りで、今までは三階の一部屋に直樹、もう片方に家内と愛華、一階は私の部屋として使っていたが、一番広い三階の寝室を私と家内、愛華。もう片方にキャピちゃん、そして一階の寝室は直樹が使うことにした。

我が家も引っ越し同然の騒ぎになったが、家内が言うには、「断捨離」のきっかけができ、直樹にとっても前から一階の部屋に移りたいと言っていたようで、部屋の移動については面倒なことも起きずに即決した。

キャピちゃんには、家具や家電、食器類も極力我が家のものを使ってもらうことにして、寝具は新しいものを揃え、我が家に持ってくる物は減らしてもらうことにした。

そして、一番大事な病院も、家内が愛華を出産した時にお世話になった病院を紹介することになった。引っ越し日も早いほうが良いということで、翌週の日曜日になった。話はとんとん拍子に進んだ。

あとはキャピちゃんを迎えるだけとなったが、最後に家内が、

「しつこいようだけど、直樹と本当に間違いを起こさないでちょうだい、ややこしくなるから。これぱっかりは、どう考えても後々面倒なことになるからね」

と、改めて念を押した。

直樹とキャピちゃんが結ばれてしまったら、これから生まれてくる私とキャピちゃんの子供と、直樹とキャピちゃん二人の子供との関係はどうなる。そして、私と直樹との関係は、考えれば考えるほど頭がこんがらがってくる。確かにややこしいことになる。

優しくしてあげなくっちゃ

キャピちゃんが引っ越してくる週の平日休みに、まずは家族の引っ越しが始まった。各自で要らないものをまとめたが、物が一向に減らない。私たち夫婦は物が捨てられないのだ。一つ一つに思い出や思い入れがあり、一向に減らすことができない。洋服にいたって

は「詰めればなんとか入る」と、逆に新しく衣装ケースを買うことまで検討した。そこで、なんと直樹が役立った。

「あのさ、この辺の服、着てるとこ見たことないけど、着ることあるの」

と痛烈な一言をかましたのだ。

「これは着るの？」

と聞きながら主導権を握り、洋服を次から次へとゴミ袋に入れていった。

「いや、ちょっとした時に着るかも」

などと口を挟もうものなら、

「そんなダサいの着ないほうがましだよ」

と撃沈させられる。ついに私の部屋にあったほとんどのものが不要物だと判断された。

続いて家内。この壁は高く厚かった。直樹も女性物の洋服には手が出せなかったのだ。

なので、私と直樹はリビングとキッチンを掃除することにし、部屋を後にした。

「朝日さんってどんな人」

あまり物事に関心を持たない直樹も、家族が増えることとなっては気になるのも当然だろう。しかも年が近い若い独身女性だ。

「この間、少し話したけど、いい娘《こ》だったよ。明るいし、ま、直樹は年が近いからやりづらいかもしれないけど、どうせお前は家にほとんど居ないだろ」

「まあそうだけど」

「それより里沙とは今も続いているのか」

里沙とは直樹の彼女である。私の同級生の娘で、出先で偶然会ったことがきっかけで仲良くなり、中学生だった二人が付き合いだしたのが高校生の頃からだから、もう随分長い付き合いだ。最近はお互い就活のストレスでぎくしゃくしているみたいだと家内から聞いていた。そのせいか、直樹はすぐさま会話を打ち切って作業に没頭した。

その晩、私は久し振りに外に飲みに行くことにした。家内と同じ部屋で寝ることへの緊張感で、疲れているにもかかわらず眠れないということと、一人だけでも真実を知ってもらいたいと思い、いつもの飲み仲間の田仲さんを誘ったのだ。

田仲さんには、愛華ができた時や転職する時など、私の人生の節目の際に、いつも話を聞いてもらっていた。そして、口止めなどせずとも絶対に話を漏らさない口の堅い男で、家内も一目置いている人でもある。

店に着き、出迎えてくれた店員さんに待ち合わせをしている旨を伝えると、すぐに案内してくれた。そこにはすでに到着していた田仲さんが席に着いていた。

「すいません、遅くなりまして」

「いえいえ、出先からだったので先に飲んじゃいました」

聞かれたくない話だったので、いつも行く地元のバーや立ち飲み屋などは避け、普段は行かないエリアのダイニングバーを選択した。

「原田さんはここ、よく来られるんですか」

「いえ、何度か利用したことがあるくらいで普段は来ていませんが、お酒も豊富で、食事もなかなかいけますよ」

私も生ビールとローストポーク、魚介と野菜のピンチョスを頼んだ。

生ビールが運ばれ、ひとまず乾杯した。


世間話をしながら少し酒が進んだ頃、私は話を打ち明けるための前置きを語りだした。

「実は、ここだけの話にしてもらいたいんですが、いや、田仲さんにはいつも私の勝手な話を聞いてもらって、しかも口止めもしないのに私が皆に公表するまで黙っていてくださる。そんな田仲さんだから、聞いてもらいたいことがあって」

そう切り出し、キャピちゃんと私のことや、今後の我が家についての話を始めようとした。

「いや、ちょっと待ってください原田さん、私には少し荷が重くありませんか」

「そう言ってくれる田仲さんだからこそ聞いてもらいたくて、話が共有できる方が居ないと私も逃げ場がなくて、もうどうしていいやら」

そんなやり取りの中、半ば強引に話を聞いてもらうこととなった。

話を聞き終えると田仲さんは、

「いや、驚いたな、原田さんはこの街の最後の砦、私の仲間で唯一、奥さん一筋の人だと思っていましたが」

「生意気にも、家内以外には目もくれないようなことを言っていたのに、面目ない」

「いやいや、その奥さんもさすが原田さんの奥さんだ。肝が据わっている」

「家では散々私が偉そうにしていたのに、いざ、どうにもならなくなったら家内がまるで大岡裁きのようにズバッとやってくれたのだから情けない。女は強いです」

「ところで、一つ聞いてもいいですか」

田仲さんが真剣な顔で私を凝視した。

「はい。何でしょう」

「すでに大学生の息子さんと二歳のお子さんが居て、さらに赤ちゃんが生まれて来るってことですよね」

「……はい」

「オメデタってよく言いますが、今回は、オメデトウでいいんですかね」

「何を言っているんですか田仲さん。家族が増えるんですよ。こんなに嬉しいことはないです」

「愛華ちゃんの時もそうおっしゃいましたよね、でも今回は……本当にオメデトウでいいんですね」

この人はきっと本質を見抜く力を持っている。一言一言、言葉の重みが今まで接してきた人たちと何か違うのだ。

「田仲さん、本当は不安です。ですが、こうやって胸の内を吐露できる友人が居てくれるだけで、しっかりやっていこう。今はそう思います」

「何も手助けはできませんが、応援だけはしています」

「有り難うございます」

田仲さんに腹を割って包み隠さず話を聞いてもらい、私は心が軽くなった。

胸のつかえが取れた私は、さらに杯を重ね、結局二人仲良くタクシーで帰宅せねばならぬ時間まで飲んでいた。

その晩、家に辿り着いた私は、酒の力もあり、家内の隣でもぐっすり眠ることができた。


キャピちゃんが我が家へ引っ越してくる当日、私は彼女のマンションへ、彼女がまとめた荷物を我が家へ運ぶ手伝いをしに行った。

世の中は便利になったもので、カーシェアリングといって簡単な手続きだけで車が借りられる。荷物はほぼないということで、タクシーで来るとキャピちゃんは言っていたが、さすがに身重の彼女だけを働かせるわけにはいかない。もうすぐ着くとメッセージを送り、マンションの入り口まで行くと、大きめの紙袋を持った彼女が待っていた。

声を掛けると彼女は助手席側に乗り込んできて、

「さ、行きましょ」

と言い放った。

「荷物、これだけ」

「うん。あとは解約日までに処分したり送ったり、ちょこちょこ取りに来るから。悪いし」

「いやいや、それが大変だから迎えに来たの。荷物はまとめたんでしょ」

「うん」

結局マンション近くの駐車場に車を停め、キャピちゃんと私で全ての荷物を運び出すことにした。荷物は手に持てるくらいの段ボールが三箱だけだ。本当に質素な暮らしをしていたようで、コンパクトカー一台で引っ越しの事は足りた。私はなるべく車が揺れないように、ゆっくりと発進させ、キャピちゃんと共に我が家へ向かった。


我が家に着くと、愛華を含め、全員が彼女を出迎えた。

「いらっしゃい。キャピちゃん」

家内が笑顔で声を掛けると続けてキャピちゃんも、

「これからしばらくお世話になります」

と、きちんとした受け答えをしてみせた。

直樹も照れながら挨拶をし、愛華は、

「きゃぴちゃんきゃぴちゃん」

と、愛くるしい笑顔を振りまきながら名前を呼んだ。

私と直樹で車内の荷物を運び込み、一緒に近くのパーキングまで車を返しに行った。

「本当に荷物が少なかったね」

と直樹がポツリと言った。

「そうだな。この車に入りきるか心配だったけど、取りこし苦労だったな」

「相当節約した暮らしをしていたんだろうね、優しくしてあげなきゃ」

直樹の言葉を聞いて、我が息子ながら優しい子に育ってくれて、本当に良かったと思う。

私たちが帰ると、家内がお茶の支度をしてくれていた。キャピちゃんはダイニングテーブルの椅子に腰掛けて、リラックスしているようだった。

「キャピちゃん、今日からよろしくね。ひとまず今日は私が夕飯作るけど、明日からは少しずつ手伝ってもらいながら、物の場所や使い方を覚えてね」

「お腹大きいんだから寝ててもらったほうがいいんじゃない」

直樹が言うと、

「直樹、愛華の時、私もできる限り動いてたでしょ。体を動かしておかないと太りすぎたり、病気になったりもするの。産む時も大変なのよ」

直樹は顔を赤らめ、口を尖らせ押し黙った。私は居心地が悪く、特に機嫌が悪いでもない愛華をあやして話に加わらない努力をした。

「夕飯は何がいいかしらね。好き嫌いはある、キャピちゃん」

「いえ、何でも食べます。でも、辛いものは苦手です」

「あら、辛いものが苦手でよかったわね。今もそうだけど、授乳中も刺激物やお酒は絶対駄目だから」

「はい。有り難うございます」

結局、夕飯は散歩がてら、近所にあるステーキハウスで食べることにした。この店は、何店か展開しているチェーン店で、実はキャピちゃんの住んでいた街に本店がある。結婚前から何度も家内とデートで足を運んだことがあり、今では直樹も大好きな店の一つである。

通い始めた当時から現在まで、私のオーダーは決まっていた。「アスパラバターとウインナー、ヤングステーキ」だ。キャピちゃんも同じものを選んだ。

オーダーが済み、しばらくすると飲み物が運ばれてきて、ひとまず乾杯した。私だけビールで、みんなはソフトドリンク。愛華がいつものように、

「みんなりょうてでのまなきゃだめよ」

と、大人ぶった口調で注意を始めた。

「すごい、ちゃんとお話しできるんですね」

「愛華は同世代のきょうだいも居ないし、大人だけの環境で育っているから言葉を覚えるのが特別早いんだと思うの。保育園でも、今はみんなしゃべりだしたけど、最初はこの子だけがお話ししてたからね」

愛華は自分の話だと察知し、もう一度飲み物を両手で持ち、良い子アピールをした。確かに愛華は周りの二歳児に比べ、成長が早かった。その分聞きわけが良い時もあれば、主張が強すぎる時もあり、わがままが爆発すると、家族全員が辟易してしまう。今日はこのまま良い子で居てくれることを願う。

愛華の話が尽きぬ中、料理がテーブルに運ばれてきた。食べ進めていると、ウエイターがサイドディッシュのおかわりを持って来た。家内が、

「キャピちゃん。おかわりしたいものある？　遠慮しないで貰いなさい」

と彼女に促した。

この店は、お手頃な価格で、しかも気前が良い。味も折り紙つきだ。特にガーリックソースが私は大のお気に入りである。ついついビールが進んでしまうし、家族も箸が止まらない。見ればキャピちゃんも喜んで肉をほおばっていた。

食事が終わり、愛華が暴れ出さないうちに店を後にした私たちは、帰り道も腹ごなしが

てら散歩をすることにした。

愛華が歩くペースでの散歩は、会話をするにもキャピちゃんの運動にもちょうど良かった。まあ、すぐに愛華をベビーカーに乗せる羽目になるのだが。

家に着き、風呂が沸くまでリビングでテレビ観賞が始まった。散歩もしたし、気疲れもあるだろう。キャピちゃんには、風呂が沸いたら声を掛けることにして部屋でくつろいでもらうことにした。


翌朝、一度起きたはずの家内と愛華が寝室に私を起こしに戻って来た。

「ねえ、起きて。キャピちゃんが朝ごはん作ってるの」

「えぇ、いいじゃないか、やらせてあげろよ」

「だとしても、手を出すのもあれだし、何もしないのもあれだし……」

昨日までの勢いはどこへやらだ。

「いいから一緒に来て」

家内に言われ、仕方なく私は階段を下り、ダイニングへ行った。

「おはようキャピちゃん。何作ってるの」

「おはようございます。朝ごはんをちょっと。もう食べますか」

「そんなに気を遣わなくていいよ。うちは各自でやることが多いから」

「大丈夫です。あたし、普段から朝六時に起きてご飯とお弁当を作ってたから、むしろこのほうが生活リズムが狂わなくっていいんです」

「じゃ、お任せするけど、私も朝はバタバタしてるから、突然いらないって言うことがあるけど、それは勘弁してね」

「大丈夫です。その時はお昼に回しますし、あたし、簡単なものしか作れませんから」

そういえばキャピちゃんも、学生時代は飲食店でアルバイトをしており、会社に勤めている時も、弁当持参と言っていたくらい料理は頻繁にしていると聞いていた。朝食作りくらいお手のものだろう。私は冷蔵庫から麦茶を取り出してグラスに注ぐと、ダイニングテーブルの椅子に腰掛けて、彼女が料理をする様子を眺めていた。

調理はもう終盤にさしかかっていたが、なるほど手際が良い。すぐにオニオンのスープ、オムレツ、コーンとキャベツのコールスローサラダ、ウインナー、そして焼きあがったトーストが同時にダイニングテーブルの上を飾った。

「やるねぇ、キャピちゃん」

茶化すつもりではなく、本気でそう言った。一つ一つは簡単な料理でも、それを同時に提供するのは至難の業だ。初めて立つキッチンでここまでできるのは、相当手馴れているのだろう。家内も気になっていたのか、リビングのキッチンが見える場所で化粧をしながら感心している顔が覗えた。

「よかったら食べてください」

キャピちゃんが私たちに声を掛けて洗い物をし始めた。

「洗い物は後回しにして一緒に食べよう」

そう言って私はキャピちゃんの手からスポンジを取り上げ、椅子に向かって顎を突き上げ席に戻った。家内も席に着き、愛華を膝にちょこんと乗せた。そこが愛華の特等席で、寝起きのぐずぐずタイムは常に家内から離れない。なので、いつも私と家内を取り合うのだが、あの日以来、私が遠慮している。

キャピちゃんの料理は味付けがちょうどよく、どれも旨かった。愛華も、

「たまごもっとちょうだい」

と、おかわりをねだり、気をよくしたキャピちゃんも、

「おりこうさんね、はいどうじょ」

と、赤ちゃん言葉で受け答え、とても和やかな雰囲気で一日が始まった。

家内はパン屋に勤めており、朝が少々早い。今朝も七時を目前にして、

「じゃあ、そろそろ行くけど、洗濯物よろしくね。後で何かあったらラインくれれば返信するから」

と、慌ただしく出かけて行った。

私は家を十時に出れば間に合うので、普段は愛華を保育園に送ったあとで少しばかり朝

寝をしていた。直樹は何をしているのかよく分からない。夜は川崎にある商業施設のレストランで皿洗いのバイトをしているが、学校へは何時に行って、いつバイトに行っているのかも知らない。まあ、大学生の息子なんてそんなものだろう。それなりに家内とは会話をしているようなので、私も心配はしていない。

食事を済ませたキャピちゃんが洗い物をしている間に、私は愛華のオムツを交換し、着替えをさせた。一連の動作で進まないと、逃げ出されたり、これは嫌だ、あれは嫌だと駄々をこねだすからだが、今日はうまくいった。そして、この流れでそのまま玄関まで下りて、保育園に行くためにジャンパーとヘルメット、靴下と靴を装備させる。これが二歳児相手だとなかなかの重労働だ。とにかく気が散りやすい。今日はおままごとセットのレモンと卵を持っていくことで、出発の許可を得ることができた。

愛華を保育園へ送り終えて家に戻ると、やっと起きてきた直樹がリビングにやって来た。

「朝ごはん食べたのか、キャピちゃんが作ってくれてたぞ」

「え、まだ」

相変わらず反応が薄い。

「直樹君もよかったら食べて、スープ温めるね」

「あ、はい」

「有り難うございます、だろ」と、喉元まで出掛かったが、初日の朝からひと悶着あっては今後キャピちゃんがやりづらくなるだろうと思い、ここは我慢することにした。

「キャピちゃんは今日、何するの」

「駅のほうまで散歩をしようかと思ってます。早く土地勘つけて慣れないと」

「あんまりいろいろ気にしすぎないほうがいいよ。今は健康な赤ちゃんを産むことだけ考えて、のんびりしてるといい」

「でも、いつかはここを出て自立しなきゃいけないから……」

キャピちゃんはすでに精神的に自立ができている。

「ずっと居ればいいのに」

直樹が口を挟む。

「有り難う直樹君」

直樹はまた真っ赤になって下を向いてしまった。

出来すぎたストーリー

この日、仕事を終えた私は家の前を素通りし、いつものバーへと向かった。

「こんばんは」

「あれ、原田さん、お元気でした」

久し振りの訪問をマスターが、いらっしゃいませではなく「お帰りなさい」といった雰囲気で声を掛けてくれる。

ああ、やっと辿り着いた。自宅よりもなんとなくアットホームな印象のあるこの店に、私はもうどれくらい通い続けているだろう。今日はまだ誰もお客が居なかった。しかし、この店は深夜零時を回る頃から突然混みだす。しばらくすれば、顔なじみの誰かが来るだろう。ひとまずビールを頼んだ。

「お店忙しそうですね」

ビールを出しながらマスターが私を労う。

「ランチはもう戦場みたいだけどね、ディナーは不景気の煽りをもろに食らってるよ」

取り留めのない会話をしていると、入り口のドアが開いた。

「あれ、原田さんじゃない、久し振りだね」

外資系勤めのエリート、松苗さんだ。この人はスポーツや芸能、当然社会情勢にも詳しく、話題に事欠かない。今日も舞台を観に行った帰りに寄ったとのことで、話は舞台の感想から始まり、推しているアイドルグループのメンバーが卒業する話へと矢継ぎ早に移行し、熱弁が続く中、またドアが開いた。

「また外まで声が聞こえてるよ、近所迷惑だよ。あれ、原田さんも一緒だ」

昼は内科医、夜は……と自負？　している秋山先生がやって来た。続けて先日話を聞いてもらった田仲さんも来て、カウンターがほぼ埋まった。

それぞれが飲み物を頼み、乾杯もそこそこに、皆好き勝手に話しだした。あちこちで笑いが巻き起こる。そろそろ零時であるにもかかわらず、一日が今始まったようなエネルギッシュで賑やかな時間が始まった。

少し会話が止まったところで田仲さんが私を一瞥し、口を開いた。

「そういえば、原田さんのところ、友人のお嬢さんが来られたんですよね」

切り出すべきかどうか、そして自分からは極めて言い出しづらい話の内容に躊躇していた私の足元に、一瞬のアイコンタクトの後、ナイスパスが送られてきた。

「そうなんですよ、実は……」

パスをしっかり受け取った私は、キャピちゃんが我が家に来た経緯を、慎重に、まるで台本があるかのように説明を始めた。何人もいる前で、しかも真実を知っている田仲さんが居る場面で話をすることに、大きな緊張を覚えながら話を進めた。友人が他界したくだりでは、私の中では簡単に病死ということで済ませていたのだが、さすが秋山先生、

「何の病気だったの」

という質問が入った。冷や汗をかきながら、

「あまりにも急で、つらい出来事だったので、聞くに聞けませんでした」

としか言いようがなかった。

それでも秋山先生は、

「そうだよな、俺は医者だからそういうの気になるけど、普通は聞きづらいよな」

と、納得してくれ、私は胸を撫で下ろした。

キャピちゃんと彼女の母親とのやり取りも、皆、

「冷たいようだけど、お母さんにもお母さんの人生や生活もあるし、一概には批判できないよね」

と理解を示した。

しかし、簡単には話を終わらせてくれず、皆の興味は、お腹の子の父親へと移った。

「ちょっと非道《ひど》いよな、やることやっといて責任も取らないなんて、男の風上にも置けない」

当然の批判である。その言葉は私にグサリと刺さったが、今、責任を取るために、夫婦で力を合わせて解決へと向かっているんです……。

声に出せない胸の内が、一番重要なところであったりする。

「でもさぁ、原田さんも、原田さんの奥さんも偉いよなぁ。普通できないよ、そんなこと」

松苗さんが言った。

「だって愛華ちゃんの時もだけど、肝が据わっているって言うか、まだ二歳の子供がいるのに、一番手がかかる時期でしょ、すごいよなぁ」

その言葉に皆共感し、原田家の株は一気に上がった。

一通り話し終えると、もうすぐ一時になるところだったが、この店は深夜になるほど賑やかになる。

またドアが開き、今度は小山のような大柄な男がドアも閉めずに中を覗き込んだ。

「タノケン、うるさいから早く閉めろ」

松苗さんが大声でタノケンを中へと呼び入れる。

「あんたが一番うるさい、向こうのガソリンスタンドまで聞こえたわ」

一連のやり取りで、店内に笑い声の花が咲く。

「おぅタノケン、お嫁さん候補が現れたぞ、ねえ原田さん」

「何すかそれ」

タノケンは訳ありな独身貴族で、周りには常に女性が居るのだが、どの女性とも進展はないようで、現在も恋人がいない謎の男である。

今度は秋山先生が原田家の出来事を随分と派手に装飾しながら、時折笑いも取り入れ、端的に説明してくれた。

このバーに集まる仲間たちは、暗い話や重い話題も最終的には笑いに変えてくれるので、一人で抱えていた荷も、帰る時には軽くなる。こうしてこの店は、夜が更けてゆくのを忘れさせるのである。

兎にも角にも

翌朝、朝食の片付けと化粧を済ませたキャピちゃんは、私より早く出かけて行った。家内が紹介した病院へ行くことになっていたからだ。私もすぐ後に出勤するので一緒に家を出ようと考えたのだが、あらぬ噂を（真実だが）かけられても面倒なので、やはり私は一人で定刻どおりに行くことにした。

出勤すると、早番の社員とアルバイトが清掃を済ませ談笑していた。一通り声を掛けて回ると朝礼の時間だ。昨日の売り上げ、本社からの伝達事項、今日の目標や、お勧めメニューの確認を済ませると、今日は本社から総料理長が来ていた。

大概こういう時は、何か問題があってお小言を貰う。しかし今日に限っては、この不況でも着実に売り上げを伸ばしているということで、お褒めいただいた。朝の占いは見逃したが、きっとてんびん座が一位だったことだろう。

朝礼が終わると食事になる。以前の店では通常、ランチタイムが終わってから食べていたが、ここの会社は「腹が減っては戦はできぬ」とばかりに先に食べる習慣になっていた。ここでお客様のほぼ全員に提供する小菜、白飯、スープの味や仕上がりの確認ができるので、良い習慣でもあるなとは思っている。

十一時、店のオープン時間が来た。いつも無口な常連さんが一番乗りで指定席に着き、一日が始まる。時間が経つにつれ、次第に席が埋まり出す。オフィス街にある店舗のため、十二時を回る頃には満席となり、外には行列ができる。お待ちいただいているお客様にメニューを手渡し、先に注文を決めておいてもらう。こうすることで退店したお客様と入れ替えで入店した後、すぐに注文が取れるため、料理の提供も素早くできるうえに滞在時間の短縮ができて一石二鳥だ。そして、先月にテーブルの配置を変えたことで有効に使える席が増え、満席率が上がり、その結果、来客数と共に売り上げも上がった。今日のお褒めの言葉もその賜物だろう。

十二時四十分を過ぎると、今度はレジにお客様が押し寄せ、会計待ちで長蛇の列ができる。私が配属された当初からの光景であった。会計伝票を置く際、一人ひとり別々ではなく、テーブルごとにまとめて会計していただくようお願いをして回ってみると、多少の効果はあったものの、大多数のお客様が電子マネーやクレジットカードでの決済であったり、また、ポイントカードの提示があったりと多種多様であるため、会計待ちの列が短くなることはなかった。

午後一時には一段落するが、私たちホールスタッフはお客様が帰った後のテーブルの片付けをしながら並行してディナーの準備を進める。まだまだ営業中なので、店内をすぐにご案内できるエリア、片付けているエリア、ディナーのセッティングをするエリアといったように、エリアごとに分けて作業する。

　お客様が居なくなったエリアはバスボックスという大きな箱に皿を種類に分けて入れ、洗い場まで運んでいく。ピークタイムが終わったとはいえ時間差で食事に来るお客様も多いので、席を確保しつつ、少しずつ片付けるのだ。そして山のような食器の洗浄、洗い上がった食器の拭き上げと続いていく。ある程度の流れは決まっているが、人員の配置、ご案内エリアの設定からディナーのセット、それらが完了したことの確認をしながら作業を進める。終了時間が押せば、私たちの休憩時間が短くなるので、いかにして時間内に終了させるかを考えながら動く。オフィス街のランチタイムは、まさに戦場である。

　午後三時を回ったところでやっと休憩である。私は病院に行ったキャピちゃんのことが気になり、店の外に出て彼女の携帯に電話をかけてみた。

「だっさん、どうしたの」

　呼出音が聞こえてきた後、キャピちゃんはすぐに応答した。

「それは……やっぱり、気になるだろ、どうだった」

「先生に怒られちゃった。なんでもっと早く来ないんだって」

「そうだよな、随分経っちゃったもんな」

「あたし、つわりはなかったの。だから気付くのが遅くなったってこともあるんだけどね」

「だってあの日に、『おえっ』てなってたし」

「あれは、あの日は本当にだっさんの足が臭くって、でも目の前で『おえっ』てなったら悪いかなと思ってトイレに行ったんだけど……聞こえてた？」

この娘は時々ノーモーションで鋭いパンチを繰り出してくる。

だが、先生が言うには、とりあえずキャピちゃんの状態は落ち着いているようで、私も安心した。つい顔をニヤニヤさせながら店に戻ると、アルバイトのナルミさんから、

「いいことあったね、顔がニヤニヤしてる」

と言われてしまった。ばれることはないだろうが、まさかお店の常連さんとこんなことになっているなんて、もし知られたら私の首も危うい。気をつけなくては。


次の検診で、キャピちゃんはエコー写真を貰ってきた。

帰宅が遅い私は、翌朝家内が出勤した後に見せてもらったのだが、やはり後ろめたさがあるのか、家内に見せるのは思いとどまったようだ。

しかしこのエコー写真は、月のウサギを見つけるよりも胎児を見分けることが難しいと思うのは私だけだろうか。母親ならきっとすぐにどういう姿勢なのか分かるのだろう。しかし私には騙し絵にしか見えない。直樹の時と、愛華の時もそうだった。

「頭がこっちで、丸まってて」

と説明を受けてから、やっとなんとなく分かる程度であった。だが、エコー写真を見ると急に父性というか、実感が湧いてくる。

そうだ、この子の父親は私なのだ。ぶるぶるっと武者震いがした。今はまだ何の問題もないが、これからこの子が成長するにつれ、いろいろな問題が生じてくるだろう。我に返った私はめまいを覚えた。

家内が紹介した病院は、立地や費用面、設備を考えて近所の都立病院にした。ここは直樹と愛華の出産時にもお世話になった病院で、私たちも勝手が分かるため、キャピちゃんにもお勧めしていた。出産予定日は七月十日ということだった。あと数ヵ月で子供が生まれてくる。喜びでもあり、背徳感に対する憂いもあり、今後のキャピちゃんと生まれてくる子供の生活、その後の成長をどんな気持ちで迎えればいいのか、そしてキャピちゃんが我が家から旅立つ時、最後に家内はどのような答えを出すのか、先のことを考えても解決策の出てこない私は、初めて家内に告白した日から、なんら成長していないことに気付いた。

母になるため、キャピちゃんはここからが大変だった。

区役所へ行き、我が家に住所変更したことを届け、保健センターで母子手帳を交付してもらい、都立病院で分娩の予約。手続きは基本的に本人が行うものなので、安定期とはいえ妊婦にとっては重労働である。そして、全ての書類の父親欄に「原田敬」と私の署名が入る。籍が入っていない既婚男性の名を入れなければならないことも、彼女の心を苦しめたであろう。そして家内だ。

この同居を提案し、私たちの過ちに対しても、

「事が済んだらじっくり話しましょう」

と一旦は休戦し、一定の理解を示してくれてはいたが、日が進み、キャピちゃんのお腹が大きくなるにつれ、使命感よりも拒否感が増幅されていった。

家内は自身の実家にキャピちゃんのことを「敬《たかし》さんのとても親しい友人のお嬢さん」と紹介していた。しかし、友人である彼女の父親はすでに他界し、彼女の母親も、今は再婚をしており、キャピちゃんは戻る家もなく、偶然再会した私が運命を感じ、使命感に燃えていたので、「少しの間なら」と、彼女に手を差し伸べた。世間体や就活中で神経質になっている直樹のことを考えると、「遠い親戚」ということにしたほうが受け入れられやすい、ということで話を合わせてくれるようお願いをした。

そういうことなら、と、一度は快諾をしてくれた家内の実家にも、このような、私たちのつぎはぎだらけの作り話は時折ほころびが生じていって、次第に怪しまれていった。

そこへ家内の姉が我が家にやって来て、根掘り葉掘り聞き出そうとしてきたので、家内はつかなくてもよかった嘘をつき続けることに辟易し、それに加え、再び私に対する怒り

が蘇り、彼女のストレスは爆発寸前にまで達していた。

その家内のストレスは怒りに変化し、まず私に向けられた。

ただの日常会話でも、家内の思いどおりの答えが返ってこないものなら、途端にキレだすのだ。

初めは意見の対立が原因かと思い、遠慮をしていたが、今となっては何に対しても二言目にはけんか腰で絡んでくる。さらにはイヤイヤ期の愛華にまで飛び火し、愛華が言うことを聞かないと、

「もうアンタの面倒なんて見ない」

と、怒鳴って当たり散らした。

キャピちゃんもこれを頻繁に見聞きするようになり、避難のために母親学級でできた友達と散歩という名目で、家内が休みの日はなるべく外で過ごすようにしていた。

愛華はママの逆鱗に触れた瞬間に、キャピちゃんの部屋に逃げ込むようになった。キャピちゃんが優しく慰めてくれるので、いつしか愛華はママよりもキャピちゃんになつくようになってしまい、それも相まって今日、私の、

「なんか、このゴミ箱っていつも一杯だよね」

という、(私にとっては)他愛もない一言で、とうとう家内は本当に爆発した。

「愛華が大きくなったら離婚してやろうと思ったけど、もう我慢できない。今離婚したい。

今すぐ」

私にそうぶちまけてきたのだ。

咄嗟のことで何も言い返せないでいると、家内はそのまま寝室へと消えていった。仕方なくソファで横になっていたところへ愛華がやって来て、

「おとたまもおこられちゃったね」

と言って慰めてくれた。純粋な優しさに触れ、私の目からは涙が零れ落ちそうになった。


翌朝から家内は私と一言も口をきかなくなった。唯一、愛華と居る時だけは必要最低限の単語を発するのみ。キャピちゃんと直樹には普通に接しようとしているところに女のしたたかさが見え、より一層恐ろしさを感じた。

家内の機嫌を損ねまいと、家にいる時は、私はキャピちゃんとの会話を避けるようにした。直樹とキャピちゃんは、とばっちりがこないように私との会話を避けるようになった。我が家での主導権を完全に握った家内は、次第に愛華へ強く当たることもなくなった。代わりに私は家の中で完全に孤立した。この状況に堪りかねた私は、職場近くの人気洋菓子店でケーキを買って帰ったり、家内の大好物の「ポックポックのシガーラ」を買って帰ったりしたが、全く効果はなかった。

朝の挨拶もないし、頼みの綱の愛華も今では、

「おとたま、あっちいって」

と、私を邪険に扱うようになった。

家に居るとストレスが溜まり、胃が痛み、次第に食欲も気力もなくなっていった。仕事をしている時だけ、ほんの一瞬忘れることができたが、胃薬が手放せなくなった。

堪りかねた私は、意を決して、

「どんなことでも受け入れるから、もう少し夫婦らしくできないか」

と、関係の修復を提案したところ、

「私はもう無理。居づらいならあなたが実家にでも帰ればいいじゃない」

と、言われる始末。今では「一旦実家に帰るのもいいかな」と、つぶやく毎日が続いた。

そんなどん底の気分を味わっていた時、家内からラインで一通のメッセージが届いた。

切れたいと

家内のメッセージには〈キャピちゃんと今病院に居ます〉とだけ記されていた。

今晩、店は予約で満席だったが、仕事どころではない。本日のディナースタッフに、

「家内の具合が悪いみたいだから」

ということで理解してもらい、私は早退することにした。皆、我が家にはまだ小さい娘

がいることを知っているので快く応じてくれることが本当に有り難かった。

家内に〈すぐに向かう〉と返信し、私は二人のいる病院へと向かった。

店を出て大通りに出たところに、タクシーが一台停まっていた。

すぐに声を掛け、病院名を告げると、

「急ぎですか」とタクシー運転手。

「子供が産まれそうなんだ」と私。

「旦那、シートベルトをしっかりしてくださいよ、ちょっと荒っぽい運転になっちまいますから」

「悪いね、頼むよ」

「任しとけって。パパ」

タクシーを横目にそんな妄想をしながら私は駅へと急いだ。冷静に考えて、今の時間帯なら電車のほうが断然速い。

改札を抜けてホームに着くと、タイミングよく電車が到着した。乗り込むと、座席が一人分だけ空いていた。その席に腰掛けて目を瞑ると、赤ちゃんの姿が頭に浮かんできた。

「そうか、名前」

キャピちゃんはどんな名前を付けるのだろうか。前に聞いた時はいろいろ候補があり、決めきれないと言っていたがあれからどうしたのか。女の子だと言っていたから、相当なキラキラネームを付けるだろうことは想像できた。

目を開けると、なんだか視線を感じた。車内の目線が一同に私に向けられている。さっきニヤついた時に、「うふふ」と声が漏れていた……きっとそうだ、気をつけていたつもりが、気付かぬうちに声がダダ漏れしていたのだろう。中年男性が頭を上げて目を瞑り、ニヤニヤしながら「うふふ」……背筋が凍るほどの恐怖だ。ゴホンと一つ咳払いをし、真剣な、というか、普段の表情に戻した。そして、揺れる車内で頭の中を今一度整理した。

「あっ」

またも声が漏れたが、そんなことは気にしていられない。三年前ではあるが、愛華を出産した病院なら妻の一美《かずみ》のことを覚えている看護師も居るだろう。そして、提出された書類には今回出産する子供の父親の署名欄には私の名前が記されている。妊婦欄には朝日きあら。病院側もおかしいと気付くだろう。

その現場に私が登場すると、ナースステーションは噂話で沸き立つのではないか。

そう考えると、今私が病院に行くことは正しいことなのか判断に躊躇した。しかし、考えあぐねていたって時間も電車も進むばかりだ。今はまず病院へ向かおう。

乗換駅の五反田駅に着き、東急池上線のホームへと向かう。ホームに着くとすぐ、発車ベルがけたたましく鳴り響き、満員の車内に飛び込んだ。

もう、運を天に任せよう。病院の最寄り駅までに席が空き、座ることができたら自宅まで直帰して家内の連絡を待つ。席が空かなければ病院へ直行だ。どうしたって私の匙加減一つになりそうだが、どうするかは天に任せてみた。

少し気が楽になったところで、もう一度頭の中を整理してみると、変装して行けば分からないのではないかと思いついた。そのためにひとまずマスクを買うという安易な発想を思いついた。家内は顔が割れているだろうが、私ならマスクと眼鏡をかければ気付かれないはずだ。確信を持った私は、目の前の席が空いたことに気付きながらも結局座らず、扉の前に移動した。まさしく私の匙加減だった。

病院の最寄り駅に着き、駅前のコンビニエンスストアでマスクを買った。眼鏡は常に持ち歩いているので、病院のトイレでコンタクトレンズを外して眼鏡にかけ替えればよい。タクシー乗り場に着いた私は、今度は本当にタクシーに乗り込み病院名を伝え、到着まで少しばかりの間、目を閉じて頭を休めた。

タクシーが段差を乗り上げる振動で私は目を覚ました。駅から病院まではほんの数分ではあったが、眠ってしまったようだ。

タクシー乗降口に降り立ち、まだ一般の出入り口が開いていたので、そこから病院内に入った。まずはトイレだ。大きな会計窓口の脇にある通路を通り、うつむき加減でトイレに入った。

手を洗い、コンタクトレンズを外して眼鏡に替える。日常の動作だが、変装のためなので、いささか緊張していた。鏡を覗き込むと、眼鏡をかけたマスク姿の、病院ではよく見かけるような姿だが、自分にとっては滑稽で怪しい中年男性に見えた。と同時に我ながら良いアイデアだと思い、満足してトイレを後にした。

エレベーターホールを抜け、産婦人科へと進む。しかしそこに人の姿はなかった。

受付窓口に看護師の姿が見えたので、

「朝日きあらは今どちらでしょう」

と尋ねてみた。

「朝日さんは救急外来のベッドに居ると思いますよ」

何、救急外来？　不安がよぎった。

「赤ちゃんは大丈夫なんですか」

緊張感なく答えた看護師に苛立ち、語気が荒立った。

「過呼吸で運ばれて来たんですけど、もう安静にしてましたね」

過呼吸？　産気づいたんじゃないのか？　ひとまず看護師に礼を言い、夜間通用口脇の救急外来へと向かった。

キャピちゃんが居る救急外来の部屋の前にはソファがあり、そこに憔悴しきった一美の姿があった。ここしばらくは、私が話しかけても一切返事もせず、女帝のごとく振る舞っていた彼女がだ。

私はキャピちゃんよりも家内が気になってしまい、それでも声を掛けられず、その場で立ち止まってしまった。

息を大きく吸い込み、ふうっと深呼吸。

「一美、大丈夫か」

「ごめんなさい、私……」

私に目を向けた家内は、泣き声で詰まらせながらも、事の次第を話しだした。

一美の職場に保育園から、「愛華の顔が赤いので、熱を測ったら三十七度八分ある」ということでお迎えの要請があった。保育園では、熱が三十七度五分を超えた場合、迎えに行く決まりになっている。しかし、いざ愛華を家に連れ帰ってみると、途端に元気になるというありがちな展開、そのうえ「あつい」と言いだした愛華は、洋服を脱いでしまったそうだ。

熱があって帰ってきたはずの娘、そのくせ暑いと言って勝手に服を脱いでしまい、脱いだ服を着せようとしても着てくれず、言うことを聞かない娘に対し、家内は感情が爆発する寸前のところまできてしまった。そこへキャピちゃんが帰ってきた。愛華が裸ん坊のままキャピちゃんに駆け寄り、「おようふくきせて」と言いだし、二人の今までのやり取りを何も知らないキャピちゃんが、愛華の言うままに洋服を着せると、その光景を見ていた家内は、自分が着せようとしたのに洋服を着てくれなかった愛華を強く罵り始めた。堪りかねたキャピちゃんが家内をなだめようとしたところ、感情のコントロールができなくなった家内が、今度はキャピちゃんに当たり散らしてしまったという。

家内に罵声を浴びせられたキャピちゃんは、みるみる恐怖に脅えた表情になり、泣きながら痙攣しだし、息も絶え絶えになってしまい、その姿を見て我に返った家内が救急車を呼んだということだった。

落ち着きを取り戻したキャピちゃんは、今、救急外来のベッドの上で点滴を打っており、一時間後にもう一度検診のうえ、問題がなければ帰宅できる運びとなるようだ。

愛華は直樹が見てくれているらしい。大好きな兄と一緒に、楽しく落ち着いた時間を過ごしていることだろう。

「ここは私が見ているから、一美は帰りなさい」

私は不安と反省で押し潰されそうになっている家内を心配し、そう勧めた。

ここのところ、家内には平穏な時間がなかった。そして、全ての事の発端は私だ。なんとか事を収める方向に導くことが今の私の使命だろう。看護師さんにお願いして、少なくとも今日はキャピちゃんを入院させてもらうことにした。キャピちゃんは、突然の入院に不安ながらも了承し、明日の午後に退院することとなった。

入院手続きを一通り済ませ、明日、少し遅くなるが退院には付き添うことをキャピちゃんに約束し、私も帰宅した。

家に帰ると、直樹と愛華は仲良く風呂に入っていた。浴室から楽しそうな二人の笑い声が聞こえてくる。

そのまま二階のリビングへ上がると、まるでデジャヴのような、先ほど病院に居た時と同じようにソファでうなだれている家内の姿がそこにあった。

「一美が悪いわけじゃない。君はよく頑張っているよ」

私は隣に腰掛け、そう声を掛けた。続けて今夜キャピちゃんは入院することも伝えた。

「私はこんな人間じゃなかった」

家内が静かに言葉を置いた。私は寄り添うように無言で震える肩を抱き寄せ、

「すまん、私のせいだ」

それだけ伝え、背中に手を回し、もう一度強く抱きしめた。堪えていた感情が爆発したのだろう。家内は声を出しながら私の胸の中で泣きじゃくった。

「そうよ。全部あなたのせい。私は一生懸命にやってきただけなのに。あなたのせい、もう嫌だ、我慢の限界よ」

言い返す言葉などない私は、家内の頭ごと抱えるようにして、彼女の感情の高ぶりが収まることを祈りながら、落ち着いてくれるまで抱きしめていてあげることしかできなかった。

翌日、家内はいつもどおりの時間に起き、身支度を済ませて出勤していった。彼女は、

結婚当初よりも随分強くなった。

運命ってこういうことかも

今から二十数年前、家内が十九歳で、私が二十六歳の時だった。

当時私が勤めていた会社にあった、ショールームを兼ねた喫茶店へ、彼女はランチを取るためによく訪れていた。

ショールームを兼ねた形態ながらも、提供していたコーヒーとランチは評判が良く、喫茶スペースは、ランチタイムが終わる時間まで常にお客様が切れることはなかった。私も昼時の商談には、ショールームまでお客様に足を運んでもらい、

「今回の話を見送ったとしても、時々はここのランチを思い出してください」

と、勝手に自分の中でキメ台詞を持っていたほどだ。

一美との出会いも、このショールームの喫茶店だった。

彼女はいつもランチタイムの終わりくらいの時間に一人で食事をしに来ていた。お客様を誘って商談をしていた私は、なんとなく見覚えのある彼女のことを、次第に意識していくようになったある日、彼女を違う場所で見つけた。

朝食をいつもコンビニエンスストアのおむすびで済ませていた私に、事務の女性が、

「会社の近所にね、めっちゃおいしいパン屋さんがあるのよ」

と教えてくれた。せっかくなので次の朝、出勤前に買いに行き、食べてみると確かに旨い。特にボリュームのあるサンドイッチを気に入った私は、時々足を運ぶようになった。そう、彼女はそのパン屋の店員だったのだ。そして彼女はパン職人の見習いで、時々焼きたてのパンを店内に運んでくる。しかし、その時以外は常に調理場に居るため、運が良くてもすれ違うくらいしか見るタイミングはない。そして今日、運の良いタイミングが訪れたのだ。

「あれ、あの娘《こ》、いつもうちの喫茶店にランチを食べに来ている娘だよな」

見かけた瞬間から、私はパンを選ぶのをやめて、彼女の姿を目で追った。

アルミバケツのような容れ物にバゲットをたくさん入れて、調理場から店内へ笑顔で陳列しに来た彼女は、コックコート姿が新鮮で、とても可愛らしかった。ここで働いていることなど知らずたまたま見かけただけなのに、わざわざ来ているような気恥ずかしさが込み上げてきて少し気まずくなった。そして今、確かに目と目が合ったはずなのに、彼女は素知らぬ顔でバゲットを陳列すると、また調理場へと消えていってしまった。私はすでに顔見知りになっていると思っていたが、勘違いしていたようだ。ショールームの喫茶店で会う彼女の職場は知ったが、彼女のほうは私のことなど気にも留めず、むしろ知りもしない態度に意気消沈した。

しかし、話はそこでは終わらなかった。帰り道、駅のホームで偶然彼女を見かけたのだ。パン屋で見かけてしまい、私はさらに彼女を意識するようになっていた。夢に出てきた異性や芸能人が、それを機に、急に気になりだすように、私は彼女のことが頭から離れなくなっていた。当然駅でばったり会うシチュエーションも想像していたが、いきなり今日の今日では早すぎる。胸が高鳴り、周りの人にまで「ドキドキ」という鼓動が聞かれそうなくらいに激しく心臓が打ちだした。

どうする、俺。今まであまりにも簡単に生きてきた私には、こういう時に必ず脳裏に浮かぶフレーズがあった。

「ええい、ままよ」

この境地まで辿り着いた時は、正直うまくいったことはほとんどない。だって何も考えずに突進するだけだからだ。それでも私は思い切って行動を起こすことにした。今日、パン屋で無視されたことはなかったことにしよう。

「お疲れさま、今帰りですか」

できる限り親しげに、知人に声を掛けるような口調で語りかけた。

「え、あ、あ」

一美は返答にもならない声を発した。

「驚かせてスイマセン。実は、俺、あなたがよくランチに来てくれる喫茶店の入っている会社の社員で、実は偶然今日、パン屋に行ったら、ちょうどあなたがパンを持って出てきて、『あ、ここの人だったんだ』なんて思ったんだけど、お店の中では声とか掛けられなくて、そしたら、今偶然会って」

「ああ、はい」

随分そっけない返事をされたので、顔見知り程度にはなっていると思っていたのはやっぱり私の独りよがりかと思っていると、

「分かりました。でも私、お店の中ではいつも緊張してて、どうしようと思ってたら、なんか無視しちゃって」

電車の到着を知らせるアナウンスが聞こえ、ホームに電車が入ってきた。

「とりあえず乗りましょうか」

できるだけ自然体で声を掛け、私たちは電車に乗り込んだ。

「じゃあ、俺のことは認識してくれてたの」

一美は真っ赤になりながら

「はい。でもまさかうちのお店で会うとは思わなくて」

そこで私は、彼女の勤めているパン屋さんに買いに行くようになった経緯を説明した。

彼女も自分の勤めている店が人気店だということは把握していた。照れくさそうだが、私が話をしている時は、目を合わせてくるきちんとした娘だった。

車内アナウンスが次の駅を告げると、一美が口を開いた。

「あ、私ここで乗り換えです」

「じゃあ池上線？　どこまで」

意外にも、彼女の降車駅は私の利用している蒲田駅からも近かった。そして彼女が乗り換える池上線の終点は蒲田駅だ。

「俺も蒲田だから、たまにはそっちから帰ろうかな」

不審がられたらどうしようかと思ったが、ここまでは好感触だった気がしていた私は、勇気を出して、遠回しにもう少し一緒に居たい意思を表現した。

「いいんですか」

そうして私たちは五反田駅で降り、池上線の乗換口へと向かった。

やった。小さな勇気と行動力が実を結んだ。

隣り合って歩いているこの距離が、今は近くて遠い。あとほんの少しだけ手を伸ばす勇気があれば彼女と手をつなげるのに。でも、初めて話をしてから十分も経たずにそんな暴挙に出ることはできなかった。このもどかしさが新鮮で、先ほど駅のホームで彼女に話しかけた時以上に今、俺、ドキドキが止まりません。

池上線の改札はとても混雑しており、ホームでもたくさんの人が電車を待っていた。私たちは電車を一本見送って、座って帰ることにした。彼女とも少し長く居られる。一石二鳥だ。

当時は携帯電話などほとんど普及していなかったが、新しいもの好きな友人に勧められ、私も早いうちから所有していた。しかし、一般的にはポケットベルか家の固定電話が主流だったこの時代では、もう一度会いたければこの場で約束を取り付けなくてはならない。現代のように「またラインするね」なんて悠長なことは言っていられない。私も例外なく車内が空いているうちに、一美をデートに誘った。

「今度ご飯でも行かない？」

「あ、でも私、好き嫌いが多くて」

え、この流れで断られた？　焦りすぎて軽い男に見られたか。しかし私たちが乗ったこの電車は、まだ発車すらしていない。ここで話を終わらせてしまうと、彼女が降りるまで沈黙が続いてしまう。今までの俺の胸のドキドキは、今、バクバクに変わった。

「じゃあ、好きな食べ物は何？」

彼女の返事を「好きなものなら大丈夫」と前向きに考え、質問を変えた。すると、

「うーん、スパゲッティーとか、イタリアンなら結構大丈夫です」

よし、話が続いた。ならば彼女に合わせてお店を決めよう。

「あ、だったらすごくおいしいところ知ってるよ、今度その店に行かない？」

これでダメなら、もう私に次の打つ手はなかった。

「え、嬉しい、そのお店行ってみたいです」

やった。めげずに誘ったことが功を奏した。落胆しかけた気持ちが、今は天にも昇るような気分になり、心の中で両手を握り締め、大きくガッツポーズを決めた。胸の鼓動が激しくドキドキに変わった。これは心臓の薬が必要になるかもしれない。

その後の電車内では、浮かれすぎて何を話したかほとんど記憶していないが、約束の日時と、通話料金が高いため、ほとんど着信専用となっている自分の携帯番号を、しっかりと書いた名刺を渡したことだけは覚えていた。

初デート当日、私は自分の車で出社し、その日一日出払って空いている営業車用の駐車場にこっそり停めて仕事をしていた。会社では、仕事の都合で直行直帰になる場合は、個人の車を使用してもよいという暗黙のルールがあり、そのため自家用車が駐車場を使用することも口うるさく言われることはなかった。特に私の車は少し目立つ、赤色に木目のラインが入っている車だったので、営業社員は皆認識していた。何かあれば連絡をくれるだろう。

彼女の仕事が終わる時間を聞いて、お互いの勤務先近くの公園で待ち合わせをした。

待ち合わせ時間から少し過ぎた頃、小走りでこちらに向かってくる一美の姿が車内から確認できた。

「一美ちゃん」

私は車外に出て、軽く手を振りながら声を掛けた。

「遅れてごめんなさい」

「お疲れさま、さあ乗って」

私は助手席側に回り、ドアを開け、彼女が乗ったことを確認すると、ドアをバタンと閉めた。そして運転席側に回り、車に乗り込んだ。

「お疲れさま、急がせてごめんね」

と、労いの言葉を掛けた私は、返事を待たずに、

「じゃあ疲れただろうから、おいしいものを、腹一杯食べに行こう」

そう言って車を出発させた。

今日のデートで選んだお店は六本木にある、とても評判の良い老舗のイタリアンレストランだ。ここはいつも賑わっていて、カジュアルな店ながら、予約をしておかないと入れないことがままある。今日は予約をしておいたのですぐに案内されたが、店はすでに満席で、入り口や階段には人が溢れかえっていた。

若い一美は、車でのデートも、お店を予約していることも、今まで経験したことがないと言い、大人の世界に足を踏み入れたような感覚だととても満足してくれた。そのため彼女は大人の女性を演じてくれようとしているのか、とても丁寧な口調で話をした。見た目は「ギャル」っぽいのに、一生懸命背伸びをしてくれている一美は、とても純粋で、気遣

いのある素敵な女性だった。

私たちは職場も近く、住んでいる地域も近かったために共通する話題が多く、初デートなのにお互いのことをとてもよく知ることができた。食事もとても満足してくれて、特にアンチョビピッツァとあさりとバジリコのパスタを「また食べたい」と絶賛してくれた。

二時間ほど過ぎたが、話はまだ尽きない。しかし朝早くから仕事が始まる一美を、あまり遅くまで引っ張り回すわけにはいかない。まだ夜の九時を過ぎたところだが、もう少し一緒にいたい気持ちを堪え、家まで送ることにした。

中原街道から環八を越え、最初の信号を左折すると、桜坂上という交差点だ。

「すごいところに住んでるね」

同じ大田区でも、私の住んでいる蒲田とは雲泥の差だ。日本で一番有名な住宅地名が電柱に記されている。

「あ、でも本町だから」

慌てて謙遜する一美がまた可愛らしい。

そこから一美の家はすぐだった。「誰かに見られたら恥ずかしい」ということで、車を少し先で停車させ、次のデートの約束も取り付けて、私は浮かれながら家路に就いた。

私たちはその後も何回かデートを重ねた。若い時の八歳の年の差は、世代間ギャップがとてもあり、会うたび、話すたびにお互い新しい発見ができ、毎回新鮮さを感じることもできた。そのうち彼女も「ＰＨＳ」を持ち、いつでも声が聞けるようになると、二人の距離はさらに縮まっていった。会いたい時にすぐ会える、家の距離も近かった私たちは、少しでも時間があれば会うようになった。しかし、どんなに遅くても日付が変わる前に家まで送る私を、一美も彼女の両親も安心し、信頼してくれた。

「今日は遅くなっても大丈夫」

彼女がドキッとするようなセリフを告げてきた時も、

「明日も早いんでしょ、ご両親も心配するから」

と言って送り届けたことが決定打だったようだ。

しかし私も若く、いつまでもプラトニックな関係は続けられない。しかしこの頃は、私の友人たちから「十九歳の彼女って、それ、犯罪だぞ」

と茶化されていたせいもあり、手を出しあぐねていた。

そして、この年の私の誕生日、一美から、

「明日は仕事も休みを取ってあるし、友達と遊園地に行くからその子の家に泊まるって言ってあるの」

と、お泊まりＯＫの誘いがあった。

そして、この日、初めて二人は結ばれた。

その後も彼女は仕事を忙しくこなす私を精神的に支えてくれ、会えばいつも気遣ってくれた。そんな一美と幸せになりたい。彼女を全力で幸せにしたい。そんな思いもあったかもしれないが、この娘《こ》とずうっと一緒に居たい。そんな正直な気持ちを一美にぶつけた。これがプロポーズと言えばそうなるだろう。

出会ってからわずか一年、一美が二十歳、私が二十七歳の時に結婚をした。

とても若くして私との結婚に踏み切った一美は、ある程度お金が貯まるまで、しばらく子供は作らないで二人で楽しく暮らそうと提案していた。私もそれには賛成していたが、新婚旅行で浮かれていた私たちは、帰国後しばらくして、一美のお腹に新しい命が宿ったことを知る。直樹はハネムーンベイビーだった。

せっかく授かった子供だからと、一美は私の少ない給料で必死に子育てをしてくれ、それに応えるために私も懸命に働いた。直樹も、男の子だがとても穏やかな性格で、円満に結婚生活は続いていた。愛華の出産の時には、高齢出産になるので不安だと言いながらも、可愛い娘を産んでくれた。とても優しく、いつでも朗らかだった一美は、結婚したから、子供を産んだから強くなったわけではない。その優しさに甘え、彼女の努力が当たり前だと勘違いし、苦労を分け合うことも労うこともしなかった私が、彼女を強く変えてしまったのだ。子育てが大変だった時期も、私を労ってくれた一美の明るさを、笑顔を奪ったのはこの私だ。

父ウミガメの涙

七月十日、出産予定日当日の昼頃、キャピちゃんの陣痛が始まった。キャピちゃんが自宅で一人の時間に急に痛みだし、長い時は小一時間おきに、短い時は十分おきの間隔で起こる不規則な陣痛が繰り返し起こったという。三階の自分の部屋から二階のリビングへ移動し、そして陣痛の間隔が十分おきになった時には一階に下り、自らタクシーを呼んだ。五分くらいで到着するというので、タクシーが到着するタイミングに合わせて外に出た。

病院にも連絡済みで、タクシーで病院に到着すると、キャピちゃんは痛みに耐えながらも受付を済ませた。

同乗者が居らず、キャピちゃん一人だったため、病院に着いた時に荷物は運転手さんが親切に看護師さんに渡してくれたそうだ。陣痛室に通された彼女は、一人で痛みに耐えながら出産のその時を待った。

十分おきだった陣痛から、少しずつ間隔が短くなったかと思えば少し遠のく。すでに時間の感覚もなくなっていきながら、痛みからきているであろう時折もよおす吐き気にも耐え、彼女は一人でこれから迎える幸せのため、誰もが乗り越えるであろう痛みに耐えたに違いない。

キャピちゃんの異変に真っ先に気付いたのは直樹であった。リビングの様子がいつもと違い、シンクに置き去りになっている洗い物やテーブル上の飲みかけのコップ、ソファで包まっていたと思われるタオルケットが散乱しており、ただ事ではないと感じ取ったようだ。直樹が発信してきた家族のグループラインには、慌てた様子が読み取れる文章で、

〈キャピちゃんが居ない。病院かも。生まれたかも〉

と書かれていた。

先日の件があり、家内は「もう病院には行けない」と言っていた。仕事を終え、愛華を迎えに行った後、その言葉どおり自宅に居るようだった。私はどうする？　家内のことを考えれば行かないという判断が正解だろう。しかしキャピちゃんはまだ若く、初産で、しかも運命のいたずらで好きでもない男との子を、これから出産するのだ。今後彼女を待ち受ける困難、苦労を考えたら一人寂しく出産させるわけにはいかない。家内もきっと分かってくれるだろう。

突然の使命感に駆られた私は、仕事を早めに切り上げ、キャピちゃんの居る病院へと急いで向かった。

電車の乗り継ぎも良く、小さな駅だが都立病院の最寄り駅ということでタクシーが待機

しており、最速で病院に到着できた。

遅い時間だと病院まであっという間に着く。料金を支払い、足早に夜間受付に直行した。マスクと眼鏡はすでに装着済みである。

夜間受付でキャピちゃんの名前を告げると、まだ陣痛室に居るという。

陣痛室の入り口にあった洗面台で手を洗い、アルコール消毒をした私は、部屋の前で再度名前を確認し、「キャピちゃん」と声を掛けてみた。

「だっさん、来てくれたの、イーッツゥ」

「痛いよね、大丈夫？　これで押してあげるよ」

私も直樹と愛華の時に二度、一美と出産を乗り越えた経験がある。この苦しみから解き放たれればすぐに最高の幸せを手に入れることができると知っている。

私は彼女の腰からお尻にかけてテニスボールを押し当て、

「楽になるところを教えて、押してあげる」

そう声を掛けた。

「イーッ、ツツツぅ、あ、そこ押してぇ、ウーッツふぅ、ふううぅぅふーうううぅ」

キャピちゃんの呼吸に合わせて力を入れて押していく。

「はぁのね、ひぃ、一分おきになったら呼ぶんだけどもう呼びたいひっっひぃ」

「分かった。じゃあ呼ぼう」

ナースコールを押すとスピーカーから「すぐ行きますよ。頑張って」と返答があった。

「旦那さん来てくれたの、良かったね」

ナースコールをした後、やって来た看護師さんは血圧と脈拍を測り、

「少し早いかもしれないけど分娩室に行きましょう」

と、隣の分娩室に行く判断をしてくれた。しかし、ここからは私は付き添えない。立ち会い出産の教室に出ていなかったからだ。キャピちゃんが元気な赤ちゃんを産んでくれることを祈りながら待った。薄暗い廊下のベンチで待つ私と、光が漏れてくるほど明るい分娩室の中は、まるで今後私たちを導く運命を指し示しているように対照的だった。

白衣姿の男性が廊下の向こうからこちらに向かって来る。担当医だろう、私は立ち上がっておじぎをした。先生もこちらに向かって会釈し、分娩室に入って行った。

中からはキャピちゃんのつらそうなうめき声が漏れ聞こえてくるが、先生と看護師さんがいて安心したのか、先ほどよりも痛みや苦しさが薄らいでいるようにも聞こえた。

数分で先生が立ち去ると、看護師さんが顔を出した。

「中に入って声を掛けてあげて、これから奥さんに頑張ってもらうんだから」

入っていいのか戸惑ったが、私は自分の意思でここに居る。私がそばに居ることで、キャピちゃんの気持ちが少しでも和らぎ、痛みや苦しみを軽減してあげられるのなら、喜んで力になろう。もしキャピちゃんが拒否するならそれはそれ。退出すればいい。現場の

流れで立ち会うことになってしまった私は、神妙な面持ちで分娩室に足を踏み入れた。

「もう少しだね。頑張れそう？」

「ううん痛ぁい、ガンバぁああいぬぅ」

会話もつらそうだ。私は「よしよし」と言いながら、キャピちゃんの手を取り、手の甲をさすった。

キャピちゃんの口から漏れてくる、唸り声にも聞こえるつらそうな声が、途切れたかと思うと始まり、終わるとまたすぐに始まった。

もうすぐ生まれる。私は直感した。キャピちゃんの手を握りながら、強めに背中をさすって、

「もうすぐ会えるからな。大丈夫、大丈夫」

と声を掛ける。

先生が戻り、モニターとキャピちゃんの状態を確認した。そして、看護師さんの耳元で何か声を掛けるとまた分娩室を後にした。

看護師さんが、

「じゃあそろそろいきましょうか。自分のタイミングでいきんでね、旦那さんも手を握って声を掛けてあげて」

「は、はい。頑張れよ、落ち着いて」

「ふう、ふう」

とキャピちゃんの呼吸に合わせてこちらも大げさに声を上げて呼吸する。

「あぁ、もう出したいんぐぅぁあ、はっはあぁっ」

キャピちゃんが吼《ほ》えた。少し遅れて先生が入ってきた。

「産道も開いているね。じゃあ、いきんで」

「よし。いくぞ、頑張れよ」

キャピちゃんの唸り声、そして助産師さんと私の応援が重なり、分娩室はこれから生まれてくる新しい生命を待ち望む気持ちで満たされた。

「んむふむうううううんふうぅうう」

最後にキャピちゃんが唸った。

「頑張って、そのまま長ぁくふぅー」

「はいはいはい」

私からは見えないところで一瞬だけ慌ただしさがあった。その瞬間、

「んぎゃぁぉんぎゃぁぉい」

生まれた。

「いやっほーい生まれた生まれた！」

疲れ切ったキャピちゃんを他所に、感情の赴くまま私の体は小躍りと言うか地団駄とい

うか、とにかく感動と喜びに任せて声を上げ、動きだした。

冷静な助産師さんは、そんな私を横目に慣れた手つきで赤ん坊を拭きあげ、キャピちゃんに預けた。

キャピちゃんの目からは大粒の涙がこぼれていた。

私はテレビのドキュメンタリー番組で観た、ウミガメの産卵シーンを思い出した。

助産師さんの腕を経て、私の腕の中に赤ん坊がやってきた。胸中は複雑だが、それを凌駕して、愛おしさが込み上げてくる。気付けば熱い何かが頬を伝って零《こぼ》れ落ちた。ウミガメの父親は涙を零すのだろうか。

助産師さんが「はい」と言って手を差し出し、私から赤ん坊を取り上げると、手際良く身長と体重を量った。三二七二グラム、四四・二センチ。小さな体を使って大きな声で泣く元気な女の子だ。泣き声が耳にとても心地良い。

今夜は一緒に居てあげたい。そんな衝動に駆られたが、きっとお互いのためにならないだろう。私は彼女の両手をぎゅっと握り、

「有り難う、キャピちゃん」

と、感謝の言葉を残し、病院を後にした。

翌朝、ソファで寝ていた私を家内が揺り起こした。

半目ながら私は第一声で家内に伝えた。

「おはよう。生まれたよ」

「ホント、あー見たいな。でも、行って大丈夫かな」

「面会時間さえ守れば平気だろ」

「じゃなくて、キャピちゃんが……」

確かにあれ以来、二人はギクシャクしているように見えた。でも、それはお互い修復のきっかけがつかめていないだけで、きっと今がグッドタイミングだろう。

「大丈夫だよ、キャピちゃんだって根には持ってないはずだから」

「そうかな、じゃあ帰りに寄ってみよう」

家内に笑顔が戻った。珍しく私の分まで目玉焼きとウインナーを用意してくれた。夫婦の雪解けもこれに乗じて進めていければいいなと思った朝の一幕であった。

家内は直樹と時間を合わせてキャピちゃんの面会に行った。愛華が病室に入れないため、交代で面会をするからだ。

ここの病院は、十五歳以上でないと面会できない決まりで、キャピちゃんも、

「早く帰って愛華ちゃんにいっぱい見せてあげたい」

と家内に言っていたそうだ。

名前は凛花《りんか》に決まった。出産前からすでに決めていたそうだ。嬉しい時、悲しい時、ど

んなにつらいことがあっても凜として咲く、一輪の花のように強く育ってほしいという意味を込めたそうだ。凜にするつもりだったが、愛華の響きが良いからということで、花を加えたと言う。嬉しい限りだ。

共通の話題ができ、我が家も活気を取り戻した。直樹が小さかった頃の話や愛華を出産した時の話、そしてこれから迎えるキャピちゃん、凜花ちゃん親子の未来。話が尽きることなく続いたことで、私と家内のギスギスした感じもほぐれてきたように思え、今夜は久し振りに寝室で寝る勇気が出そうだ。

キャピちゃんの退院日は、私が迎えに行くことにした。

梅雨もそろそろ明けそうな予感の、じめっとした空気が纏わり付いてくる日だったが、雨には降られずに済んだ。

キャピちゃんは看護師さんたちに礼を言い、笑顔で凜花を抱いて出てきた。

手荷物以外はほとんど昨日のうちに家内が持ち帰ってくれていたため、案外身軽な退院で、楽で助かった。

タクシー乗り場まで行き、私が先に荷物と乗り込み、凜花を受け取ってからキャピちゃんが乗り込む。腕の中に居る小さな命は、今にも泣きだしそうに真っ赤な顔をしている。凜花を揺らさないように運転手さんにお願いし、ゆっくりと自宅まで向かってもらった。

タクシーを降り、玄関扉を開けた瞬間に凜花が、

「んぎゃうんぎゃおぅ」

と泣き始めた。その声を聞きつけた直樹が部屋から出てきて、嬉しそうに優しい笑顔で二人を出迎えた。

これからより一層賑やかで忙しい生活が始まる。最低限自分のことは自分でやる。しかし、キャピちゃんは凜花を見るのに専念してもらうため、家事は家内と直樹、私の三人で分担してやることにした。基本的に、朝食はパンで済ませ、昼と夜は温めれば食べられるようなものを私が出勤前に仕込んでおく。洗濯は家内、取り込むのは運動のためキャピちゃんも参加することになり、掃除は直樹、凜花のお世話は愛華もお手伝いすることになった。

家事の役割を決めると責任感が出て、それぞれが工夫するようになった。とても良い傾向だ。しかし毎日うるさくて臭い。帰宅中、家の目前で、皆が寝静まっているはずの時間に夜泣きの声が聞こえる。気を遣ったキャピちゃんがベランダに出て、夜風に当たりながら凜花をあやしているのだろう。そばに行って私も加わりたいが、いずれ離れ離れになることと、家内が精神的に不安定になることを恐れ、キャピちゃんが退院した後も、私はキャピちゃんと凜花に一定の距離を置いていた。そんな私の行動を負い目に感じたキャピちゃんから、「話がある」と呼び出された。

ふわふわのおっぱい

「え、いや、なんで急に、駄目だよ。体のことも考えなきゃ」

「でもね、これ以上あたしたちが居ると、温かく出迎えてくれていたはずの奥様と、だっさんの仲が完全に壊れてしまいそうで、それは嫌だなって」

「そうは言っても……」

キャピちゃんが我が家を出ると言いだした。それもできるだけ早いうちに。

しばらくは実家の母に頭を下げて、雨露さえしのげればなんとか生きていける、仕事も選ばなければ何かしら見つかるはずで、最悪地元なら友達のつてもあるだろうという彼女に、私は引き留める言葉が見つからなかった。

「一美はなんて言うかな」

結論を出す前に、もう少し話を引き伸ばそうと家内の意見も聞くことを提案すると、

「それは大丈夫だと思います、あたしが来てから奥様があんなに感情的になったんだから、きっと賛成してくれると思います。むしろ喜んでくれるんじゃないかな」

喜ぶということはないだろうが、賛成はするかもしれない。もともと好意と責任感でキャピちゃんを我が家に招いただけで、本人が居たくないと言うのならそれは仕方のない

ことだ。ひとまずこれはここだけの話にして、改めて明日、一美と話すことを勧めて今日のところは話を終えた。

翌日、一美さんが帰宅したところで、昨日だっさんに話したように自分の考えを切り出した。

「奥様、実はあたし、この家を出ようと思うんです」

「ふうん、それで、どこに住むの」

「しばらくは、母の所で世話になろうと思っています」

「お金は？　生活費は？　仕事はどうするの？」

「地元なら、知り合いも居るし、何かしらあると思います」

「駄目ね、却下」

あたしは耳を疑った。きっと喜んで送り出してくれると思っていた一美さんから、思いもよらない返答だった。あたしは訳が分からなかった。ご夫婦の仲に亀裂を走らせ、反省と懺悔の思いで決断したこれからのあたしの生き方を、なぜこの人はこんなにも簡単に否定をするのだろう。あたしの決意を何だと思っているんだろう。

「でも、あたし決めたんです。奥様にも、この家の方にも、もう迷惑はかけないと、だから自分の力で生きていこうって」

「生意気なこと言ってんじゃないわよ、自分の力で生きていく？　縁を切られたのも同然だって言っていた母親に頭を下げて住まわせてもらって、仕事は知り合いだか友達のコネで見つけてもらって、その間凜花ちゃんはどうするのよ、その話のどこに自分の力と自分の生き方があるのよ、甘えたこと言ってんじゃないわよ」

「だって、でも……」

「じゃあね、キャピちゃん、もうお母さんと話はついたの」

「いえ、これから……」

「じゃあ、地元の友達や知り合いに、帰るから働くところ紹介してって頼んであるの」

「それもこれから」

「現実を見なさい。私が、じゃあすぐに出て行きなさいって言ったらどうするの。あなたのお母さんが受け入れを拒否したらどうするの。仕事がなかったら、紹介もしてもらえなかったらどうするの」

「それなら住み込みで働くとか、何でもします」

「いい加減にしなさい」

「ひっ」

「あなたはねえ、もう一人じゃないのよ。今あなたの言った話が全部うまくいったとしても、凜花ちゃんはどうするの。生まれて間もない赤ちゃんを、あなたは放っておけるの」

「いえ……」

「それに、あなたにもしものことがあったらどうするの、凜花ちゃんは独りぼっちになっちゃうのよ」

「……………」

「でも、それもいいかもね、そうしたら凜花ちゃんは愛華の妹って言うことで、うちで引き取って、めでたしめでたし」

「めでたくありません。凜花はあたしが大事に大事に育てるんです」

「……………」

「それで、あたしみたいな苦労ばっかりじゃなくて、いっぱい抱きしめてあげて、いっぱいいろんな所行って、一緒にお風呂入って、一緒に寝て、あたしが凜花を世界で一番幸せな子にするんです。それなのに、ひっ、なん、ひっ、いじはるううんでしゅ、わーん」

「……………」

「凜花は誰にも、ひっひっ。渡さないんだから」

「その気持ち忘れないでね」

「やだ、忘れる、意地悪な奥様の言うことなんか聞けない」

「と言うことは、凜花ちゃんを世界で一番幸せにすることは諦めた、と」

「嫌だ、あなたの言うことは聞かないから諦めない」

堂々巡りである。

「分かったわ、キャピちゃん、意地悪な言い方してごめんなさい。でもね、真剣に聞いてほしいの」

「いーやーだー」

「いいから聞きなさい」

「何ですか」

「今、あなたが言った言葉が、本当のあなたの気持ちなの」

「…………」

「でね、あなたの理想に近付くため、凜花ちゃんを世界一幸せにするためには、常に自分の意志で、責任を持って進むの。時には遠回りしながらね。そして、迷った時は、必ずどちらかを選択しなきゃいけないの、それが今なのよ」

「……はい」

「あなたの理想に近付くには、傷ついた体のまますぐに飛び立つほうがいいか、今はここで羽を休めて、力を蓄えたほうがいいのか、どっち？」

「そんなことくらい分かってます。あたしだってここに、皆さんと一緒に居たいんです。住む所とかお金の心配じゃなくって、純粋に、ここの家に居ると幸せに包まれているみたいで。何をしていても、何を考えていても自然にうふふってなって……居たいに決まってるじゃないですか」

「じゃあ、どうして家を出るなんて言いだしたの」

「それは……」

あたしは一美さんに気持ちを正直に打ち明けた。

やっぱり申し訳ない気持ちが湧いてくること、衣食住、全て負担させてしまっていることの後ろめたさ、優しくされると、有り難くもあるが自分の無力さを痛感すること、極めつけは、一美さんの精神状態を不安定にさせてしまい、家族の和を乱してしまっていること。その思いに対して出した結論が、この家を出て、あたしのことなど記憶から消去してもらえば、原田家もまた、明るく温かい家庭に戻るだろう、そういう思いでいたことを。

「有り難う、キャピちゃん」

一美さんはそう言って、あたしの横に立ち、頭から「ぎゅうっ」と抱きしめてくれた。

ずっとこのままでいたい、そう思える温かな抱擁だった。一美さんの優しさがあたしを包み込む。子供に戻って母の腕に抱かれているような、癒やしと活力を同時に与えてくれる抱擁。このまま目を閉じて眠ってしまいたい、起きてまだ抱かれていたい、そんな気持ちでいた。

「苦しい気持ちにさせてごめんね」

まだここに包まれていたいから返事をしなかった。

「キャピちゃん」

一美さんは優しくあたしの名前を呼び、片手であたしの前髪をかき上げると、おでこにちゅっと、軽いキスをした。まるで小さい子供にするように。

「あなたの気持ちはよ〜く分かった。でもね、我が家に住む時に約束したでしょ、思っていることはちゃんと言わなきゃ駄目よ。でないと、私みたいに爆発しちゃうから。だからこれからは、あなたが思い悩んだ時にはなんでも相談してよ。キャピちゃんは、もう私たち家族の一員なんだから」

「一美さん、かじゅみすわ〜ん、ぅわーん、ひっ」

一美さんは泣きだしたあたしを、さっきのように優しく抱きしめてくれた。あたしも一美さんにしがみつき、ワンワン泣いた。顔に押し付けられたおっぱいがふわふわしていて、とても心地良かった。

話し終えた瞬間から、あたしと一美さんの距離は一気に縮まった。心の内を吐き出し、それを受け止めてもらったお陰で、あたしは自分でも知らず知らずに張っていた心のバリヤーをなくすことができた。

意外とマメなんです

そんなことがあったとは知らず、その夜、のんきな私は仕事の帰りに寄ったスーパーマーケットのレジ袋から取り出した商品を、ダイニングテーブルに並べた。この店は、駅前で深夜零時までやっているので、とても重宝している。時々半額シールの商品があるのも家計にとって大助かりだ。何といっても我が家は大人四人と幼児と乳児、大所帯だ。家計の収入は私と家内だけ、節約は必須である。

その点、私は自分の店を持ちたいと言うくらいなので料理には自信があり、節約料理も得意である。時にはお弁当を買っておき、朝は手抜きをすることもあるが、仕事の帰りに食材を購入して、なるべく手作りするように心がけている。そのため、時間と費用をかけないように仕込みには余念がない。大きさを分けて保存用の容器を購入し、一気に仕込めるものをストックしておく。サラダ、味噌汁、そしておかずが二品あれば、あとは漬物や煮物でいいだろう。明日の昼は筑前煮と生姜焼き。夜はそれに塩鮭でも焼いてもらえばよい。材料だけ切っておけば、愛華を送った後に調理をする時間が十分ある。睡眠時間が少々足りないが、ランチ営業後の休憩時間に少し寝れば大丈夫だ。

一通り仕込みを終えた私は、風呂上がりに発泡酒をぐびぐび飲みながら、「筑前煮の余りは卵でとじればつまみでも丼でもいけるかな」などと、もう残り物のアレンジを想像して楽しんでいた。

時計を見れば午前一時を回っている。明日も早いし、もう寝る時間だ。やっと寝ついた凜花を起こさぬよう、そして愛華も起こさぬよう、そうっと階段を上り、寝室のドアを開けた。そうそう、私は寝室で寝ることを許されたのだ。ベッドの隣に敷いた客用の布団だったが。

「う、う〜ん」

物音に気付いたか、家内が動きだした。そのままスマートフォンで時間を確認した彼女は、漏れた明かりで私を確認すると、あろうことか私の布団に下りて来て、寄り添い、

「愛華が起きるから静かにね」

と、囁いた。

「え、いいの」

私は家内に覆いかぶさ……。

「ちょっとちょっと、違うわよ、キャピちゃんからなんか聞いた？」

「あぁ、その話か」

「だから、静かに話して、愛ちゃんが起きちゃう」

「なんか、この家を出るって言ってたけど」

「出ないから。ずっと、て言うか、しっかり準備ができるまではウチに住んでもらうから」

「そうだね、それがいいと思うよ。一美が引き留めたのか」

「そんな感じ、あの娘《こ》も本心ではここに居たいって言うから」

「じゃあ、一件落着だな、じゃ、俺たちも」

「ちょちょ、そういうのはなし、おやすみ」

本題だけ話し終えると、家内は愛華の寝ているベッドに戻っていった。

やはり私は独りぼっち、いや、今夜はおさまってくれない相棒が寄り添ってくれていた。


翌朝、六時に起きた私は一目散にキッチンに向かった。コップに注いだ麦茶を飲み干し、お湯を沸かし、卵を溶く。大事な話とはいえ、昨晩は家内から話しかけてくれた。一日の中で会話ができる時間は朝のほんの一瞬しかない。ご機嫌取りもかねて、温かい朝食を提供したい。まるで家来だが、それでいい。もう二度と以前のような針のむしろでの生活はこりごりだ。

昨日炊いたご飯が随分余っていたので、卵焼きを巻きながら味噌汁を作る。愛華も食べられるように、具は豆腐とえのきだ。この具材ならあっという間に完成する。後は納豆や焼き海苔を置いておけば、好きなように食べてくれるだろう。

問題は愛華だ。全てにおいて天邪鬼《あまのじゃく》な彼女は、おしっこでパンパンのオムツもなかなか替えさせてくれない。運良く替えることができてもズボンを穿きたがらない。この攻防が終わっても、次はご飯、歯磨き、靴下と靴を履いて外に出る、自転車に乗せるのも一苦労だ。保育園に着いても、熱を測らせてくれずに逃げる。毎日手法を変えてご機嫌を取るが、全く進歩がない。怒ってみれば泣かれ、優しく接すれば調子に乗る。「これは修行だ」と自分に言い聞かせ、日々言うことをきいてくれる日を待ち続ける。

一日のパワーをほとんど愛華との攻防で消耗させながらも、保育園から戻り、出勤直前まで食事の準備をする私は、実はこの時間が好きだ。調理に没頭すると先ほど苦戦していたことも忘れ、リフレッシュできる。手の込んだ料理は作らないが、みんなが食べている姿を想像したり、家族団らんの様子を妄想の中で楽しんだりしている。妄想の中での家族団らん、以前はそれが現実だった。本当の笑い声が家中に響いていたあの日々は取り戻せるのか。

今日も仕事の帰りに買い物をする。鶏の胸肉が安かったので、まとめ買いをした。鶏肉は家計の強い味方である。人数が多い分、かさ増しをするためには、鶏肉とひき肉、そしてもやしは欠かせない。今夜は鶏チャーシューでも作るか。これは我が家の定番で、皮を外した胸肉と醤油だれを袋に入れて湯煎する。放っておけば一品出来上がる。あとは半額になっていたイカを買い、イカ大根だ。

原田家の出汁は全て「兵五郎」というあご入りの出汁パックを使っている。これは味が良くて、小分けになっているのでとても使い勝手が良い。愛華もこの出汁で煮た野菜をおやつ代わりにバクバク食べてくれるし、鍋や煮物、おでんまで、これを入れるだけで上品な味に仕上がる。料理の腕が上がったと錯覚させられるほどだ。

メニューを頭に浮かべつつ帰宅すると、キッチンにキャピちゃんが居た。凜花が夜泣きをしたためリビングであやして、ちょうど寝ついたところのようだ。キャピちゃんは、凜花がバスケットの中ですやすや寝ているところを見ながら、洗い物をしてくれていた。

ひそひそ声で、「私が代わるよ」と言ったが、「少しでも何かしたいの」と言うので、続けてもらい、私は音を立てないよう細心の注意を払い、食材を冷蔵庫に仕分けして入れた。

荷物をしまい終えた私が、息を潜めて凜花の顔を覗き込むと、凜花は小さな寝息を立てている。顔はお猿さんと言うか、ひと昔前のプロボクサーに似ている。服の袖からちょっとだけはみ出している小さな指がとっても愛らしい。その指先に、小さな爪があるのを見た時、堪らず「きゅん」となった。歩き出すのはまだまだ先だが、子供はあっという間に成長する。つい、この子が成長して愛華のように凶暴になった姿を想像してしまった私は、ブンブンと激しく頭を横に振った。

「だっさん、可愛いでしょ」

洗い物を終えたキャピちゃんが、いつの間にか横に居た。凜花を囲む家族水入らずの瞬間である。初めから複雑な環境に生まれてきた凜花と、わずかでも家族の時間を共有してあげたいと、今、急に思った。しかし、それは私の本来の家族関係を破綻させる引き金ともなり得る。私には、どちらにもいい顔をしていられるようなバランス感覚は備わっていない。だから今はこの時間を記憶に留めておきたい。そう思っていた。

キャピちゃんに、

「だっさん、やっぱり足臭いね」

と言われるまでは……。


もともと料理好きだった私は、手を変え品を変え、自分でも驚くほどいろいろな料理に挑戦していった。面倒な時は豚肉の生姜焼きなど、炒めるだけで出来上がるものを作ってもいたが、皆が「おいしかった」と言ってくれ、時に料理に興味のない直樹までもが、

「これ、どうやって作るの」

と関心を持って話しかけてきた時には、ゾクゾクするほど興奮した。

だからといってストレスが溜まらないわけではなかった。

仕事が忙しいうえに睡眠不足、家では家内の足音と顔色をうかがいながらの生活だ。付け加えて未だ元気を保っている下半身にも限界が来ていた。

半年前までは、私の申し出を渋々ながらも受け入れてくれていた家内との夫婦仲は徐々

に回復しているが、そこまでには至らない。勇気を出して何度か誘ってみたものの、けんもほろろで手を握ることすら皆無である。かといって、外で発散できるほどの小遣いも今はない。あったとしても、それが発覚すればゲームオーバーだ。じっとしていると悶々としてしまうため、運動して発散することにした。立ち仕事なのでジョギングは避け、筋トレをすることにした。性的衝動が頭に浮かんだ瞬間に腕立てや腹筋ならすぐ行動に移せる。我ながら良いアイデアだ。

就寝前に体を動かすために寝つきも良くなったが、人知れず逞しくなっていく自分を見て、やり切れない時はある……。

まだ四ヵ月なのに

十月も終わり、十一月に入った。昼間はまだ暖かい日も多いが、陽が落ちると冬の訪れを予感させるほど、冷たく、乾いた風が吹いてくる。そんなある日、キャピちゃんが「仕事を探したい」と言いだした。

凛花を産んでから、まだ四ヵ月。初産で、これはちょっと早いのではないかということと、そしてまだ若いといえど、育児は長く続くので、慌てないほうがいいと説得をした。

しかしキャピちゃんが言うには、保育園に入れるためには働いている実績を提示しなければならず、入園を申し込むためには一刻も早く働く必要があるということだった。彼女なりに焦りも感じているのだろう。それは痛いほど分かる、しかし、心配な気持ちには変わりがない。我が家を出る時は、できる限り苦労をしない状態で送り出してあげたい。その思いと保育園の入園申し込みの締め切りを両立させる方法が、今は見つけ出すことができなかった。

「実は、キャピちゃんからそろそろ働きたいって相談を受けたんだよね」

休みの日、キャピちゃんが凜花と散歩に出たところを見計らい、一昨日キャピちゃんから持ち出された話を家内に打ち明けた。

「愛華の時は私も産後四ヵ月で働きに出たけどね」

鋭いパンチが飛んできた。私のボディーに重たく効いている。

「そうだったな。苦労かけたね」

軽いジャブで距離を取ったつもりが、

「今はもっと苦労してますけどね、愛華の時だって『俺が全部面倒見るから』なんて言っといて、結局ほとんど私任せ。挙句キャピちゃんと凜花ちゃんでしょ。キャピちゃんだって本当いい迷惑なのに健気に頑張って、あなたの罪は相当重いからね」

距離を測るためのジャブを繰り出したお陰で、ガードが空いたボディーに渾身の一撃。

膝から崩れ落ちた私の目には、宙に舞うタオルがはっきり見えた。

「それはそうと、保育ママっていう手もあるけどね」

「何だ、その保育ママって」

「保育園に入れない子供を預かってくれる所で、預かってもらうには確か面接だけって言ってたわね」

「申し込みの期限とかは？　そうだ、働いてなくても大丈夫なのか？　それは」

「知らないわよ、パートの矢部さんがそんなこと言ってたのを覚えてただけなんだから。それに私からそんなこと言ったら追い出したいみたいになるじゃない、だからあなたたちでやってよ。同じ大田区だから調べれば出てくるでしょ、得意のインターネットで」

何はともあれ良い情報を得た。さっそくキャピちゃんに知らせてあげなくては。しかしあの言い方は癪に障るが、得意のインターネットで調べてみるとするか……。

「大田区　保育ママ」で検索してみると、確かに出てくる。

自治体の認定のもと許可された小規模の保育園形態のことで、主に保育ママの自宅を保育所として、一人の保育ママに対して小さな子どもを四人まで預かってもらえる。この制度を利用するには、まず区役所で面談をし、審査に通ったら直接「保育ママ」に面接をしてもらい合否が決まるらしい。文面をそのまま受け取ると、「保育ママ」の権限が強い。確かに自宅でよそ様の子供を預かるわけだから、親としっかり話し、理解を得なければ難しいのだろう。

戻ってきたキャピちゃんに、得意げに保育ママの話を切り出すと、

「そうなんですよ。今、公園でママ友におんなじこと教えてもらいました」

女性はコミュニティーの中で、男性はネット民となって知識を得る。

「私も調べたんだけど、これなら期日もまだあるし、審査も保育園ほど厳しくなさそうだからいいんじゃない」

先日解答を出せなかった問題が、これにて解決。凜花は保育ママに預ける方針で話を進めることになった。

預ける基準は二歳までの子供で、月間四十八時間以上働いているか、就労予定があること。これなら労働時間を換算すると、週十二時間だから一日三時間を週四日、もしくは一日六時間で週二日、これなら私たちも助けてあげられそうだ。しかも保育園申請時の点数が二点加算されるそうだ。これは朗報である。家族間での話はとんとん拍子に進んだ。

キャピちゃんは、就労予定だけでもよいのであればと、希望する事務職募集がある会社に応募をしていたが、この不況下では女子の事務員は倍率が高かった。面接まで辿り着けない。短期の募集はあるが、それでは意味がない。以前登録していた派遣会社も、新規の案件は少なく競争も激しい。年の瀬も近付き、彼女の就職活動は暗礁に乗り上げていた。

「思い切ってスーパーマーケットでパート勤務とかのほうが見つかるんじゃないの」

一向に内定がもらえないキャピちゃんに、家内がアドバイスをした。年末や正月くらい家族でゆっくり過ごせばいいいし、希望の職種で探すことを諦めないほうがいいと私は思ったが、家内が言うには、

「優先順位は『どこ』で働くかより『働いている』実績が先」

ということだった。

スーパーマーケットなら、年末年始はどこも人手が足りず採用されやすいだろう。この時期の募集なら時給も高くなる傾向にある。愛華の保育園も年末年始は休みに入るので、愛華の面倒を見るために私と家内が交代で仕事を休むので、凛花の世話も一緒にできる。保育ママに預けるには、まず働き口を決めて、希望職種への就職はその後働きながら探せばよいのではないかという意見だった。さすがは二十年を超えるベテラン主婦だ。この言葉の背景には、自分の今までの蓄積に基づいた重みがある。きっと彼女も子育てをしながら自分の思いや希望に現実を重ね、優先順位をつけて生きてきたのだろう。夢や理想を犠牲にしながら。結婚後、女性が強くなるというが、それは当然のことだと今、初めて納得がいった。

キャピちゃんも家内のアドバイスに共感できたようで、翌日、さっそく近所で一番大きなスーパーマーケットに応募する運びとなった。

家内の読みどおり、キャピちゃんは一つ隣の駅前にあるスーパーマーケットの面接で見

事採用され、働けることになった。年内は、家内が帰ってきてからの夜間の勤務になるが、年明けから、私と家内が休みをずらせば週四日は朝から働くことができる。一つ問題なのは、キャピちゃんは、できるだけ凜花を母乳で育てたい、という希望があったことだ。なので、日中は最長でも四時間程度の勤務になることだった。しかし、

「年末年始は、娘におっぱいをあげるため休憩を少し長めに取らせていただいて、その間に家に帰ることができれば、どの時間帯でも、休日なしでも勤務できます」

面接時に放ったこのセリフが決定的だったようだ。今どきこれだけハングリーな応募者も珍しいのだろう、面接担当者もきっと心を動かされたのではないか。

時期を同じくして、直樹もやっと就職が決まった。電気機器に特化したパーツメーカーだそうだ。良いことの連鎖反応かもしれない。

キャピちゃんはとてもよく働いた。まだ凜花から目が離せないというのに、合間を縫っては家事もこなし、慣れないパートの仕事だが、がむしゃらに働いた。

大晦日もキャピちゃんは仕事に出た。私も、人通りなど全くないオフィス街にある店舗で夕方まで仕事をした。売り上げは九千円足らず。こんな無駄な日はないという憤りをのみ込み、会社の犬として懸命に店番を全うした。

夜は久し振りに全員揃うので、家で年越しそばを食べようということになり、キャピちゃんが仕事帰りに、職場で販売しているおそばと天婦羅を買って来てくれた。皆で集ま

り夕飯を食べることができるのは、とても幸せなことだと痛感した。

テレビをつけると「紅白歌合戦」が始まっていた。キャピちゃんがテレビに映った女性アーティストの歌に乗せて口ずさむと、直樹も鼻歌で歌いだし、サビの部分だけ知っている私も曲に合わせて大熱唱、次々と出てくる歌手に合わせてカラオケ大会よろしく、みんな好き好きに歌いだす。愛華はテレビとは関係なくきらきら星を歌い、凜花はこの状況でもすやすや眠っている。なんて楽しい我が家だろう。家族の絆が深まるのを感じた。


元旦。キャピちゃんの部屋にあるベランダから初日の出が見える。とは言っても地平線や水平線から出てくるところが見えるわけではなく、マンションの間から出てくる朝日を拝むわけだが、テレビの「あけましておめでとうございまーす」の新年の挨拶と共に画面で初日の出を確認した後、しばらくしてベランダへ行くとちょうどよく出てくる。出勤のためすでに起床していたキャピちゃんの了承を得て、昨晩、里沙と初詣に行って、まだ眠っている直樹を除いた全員で初日の出を拝んだ。

昨日から仕込んでいたお雑煮とおせち料理を出し、お屠蘇をみんなで飲んだ。家内の実家のお正月の風習が、原田家でそのまま引き継がれて行われている。こうして文化や伝統は、次の世代に受け継がれていくのだろうと、正月から壮大なことを考えさせられた。

キャピちゃんの勤め先に行く途中に新幹線の線路がある。そこから富士山が見えるので、キャピちゃんを送りついでに散歩しながら富士山を拝みに行こうということになった。初日の出と富士山を生で拝めるなんて、この街に越してきて本当に良かった。神社での参拝のように「パンパン」と柏手を打ち、富士山を拝むと、私はなぜか願い事をした。当然夫婦円満だ。ここでキャピちゃんと別れ、私たち夫婦と愛華、凜花で家路に向かった。

正月の朝というのは特別感がある。空と街中の色が正月の朝だけは違って見えるのだ。一言で言えば「凜としている」という表現になるのだが、空の青とアスファルトのグレーがかった藍色、ブロック塀や電柱の灰色や常緑樹の緑、色とりどりの車の色、全てのコントラストがくっきりして気持ちが良い。身が引き締まるような気にもなる。乾燥して澄んだ空気のせいなのか、私の中ではいつもこの情景が正月と結びついている。

ベビーカーの中の凜花は、無表情でじっと空を凝視し、愛華は家内と手をつないで一生懸命歩いている。時折道端の雑草を見て、

「はっぱ、はっぱ」

と興奮しながら言ってくる。一年の計は元旦にあり。私はこのまま何事もなく家まで辿り着けることを、心の中でもう一度お願いした。

魔法使い現る

毎日寒い日が続いているのに暦の上ではもう春が訪れて、卒業シーズンの三月を迎えた。

直樹の卒業式当日の朝、キャピちゃんから、

「一美さん、だっさん、やりました！　保育ママとの面接が決まりました！」

お互い休みをずらして取っているせいで、私と家内、キャピちゃんの三人が揃うのは慌ただしい朝の一瞬だけだった。久し振りに全員が揃った日、嬉しい報告が重なった。

「良かったね、キャピちゃん。で、場所はどこなの」

「隣の駅の『真矢さん』っていうお宅なんですけど、来週行ってきます」

「そこならパート先のすぐそばじゃない」

「そうなんです、ここからたぶん十五分もあれば行けると思います」

そんな都合のいい場所に保育ママが居るとは、なんて運の良いことだろう。


凜花をベビーカーに乗せて、押しながら歩くこと十五分で新幹線の線路に着いた。お正月に富士山を拝んだところだ。真矢さんのお宅はそこからすぐの所にあった。

面接ということで、かなり緊張していたあたしの心情を察してくれていた真矢さんは、

終始笑顔で話してくれるとても親しみやすい方だった。

　堅っ苦しかったり、規則が細かかったりしたら、とか、怖そうな人だったら気が引けるな、とか、会うまでの不安でいっぱいだったあたしの気持ちを払拭してくれた。何をするにも初めてで頼りないママ一年生のあたしにとって、初対面でもこの方に任せておけば大丈夫という安心感を持たせてくれる先輩ママだ。

　そして、真矢さんが今年度に預かる子供は四人で、すでにそのうちの三人は決まっているとのことだったので、残りは一枠だ。

「凜花ちゃん、可愛いわねぇ、これからよろしくね」

　真矢さんが凜花の手を取り、はっきりとそう言った。

「お願いできるんですか」

「こんなに可愛らしいお嬢ちゃんを預からないわけにいかないじゃない」

「有り難うございます、この子のために、一生懸命働いてきます」

　真矢さんは、目を細めて凜花の手をすりすりしていた。

　そのあと、今後の説明を受けた。

　預かってもらうのは四月一日から、初日は二時間くらい、翌日以降は弁当持参で月曜日から土曜日まで、九時から十七時が基本の保育時間で、事前に申し出れば、早出、延長は三十分二百五十円加算されるが預かってくれるということだった。

凜花が一歳になるまでは母乳で育てていきたいと考えていたので、七月末までは保育時間を四時間にしてもらい、九時から十三時までの時間でお願いしたいと相談したところ、快く受け入れていただけた。

とても良い条件だと感謝し、だっさんと一美さんに報告すると、二人もいい環境で預かってもらえて良かった、と喜んでくれた。

一美さんは、

「私も預けてみればよかった」

と、この制度を利用しなかったことを少し後悔しているようだった。

本当の家族のように喜んでくれたお二人を見て、あたしも幸せな気持ちになった。

凜花を真矢さんに預ける初日は、他のママたちも子供を連れて全員参加した。ここに預けている他の親子との顔合わせもでき、友達も増えた。

初日は子供を引き渡しする時の注意事項と持ち物の確認をした。しかし、全員これから一歳を迎える赤ちゃんなので、とにかくうるさい。真矢さんが用意してくれたプリントに沿って話を聞いていたら、ハイハイができるようになっていた凜花は、いつの間にか話に集中していたあたしの手をかいくぐり、床を這いずりまわっていた。それを見た真矢さんは、拾い上げるように凜花を抱きかかえ、ゆっくり揺すりながら、

「凛花ちゃ～ん、りんちゃ～ん、上手にハイハイできまちゅねぇ」

と、甲高い裏声で凛花をあやし始めた。すると凛花もポチャポチャした小さな手を天に向けて上げ、にんまりしていた。

保育時の説明が終わり、お母さんも子供たちも解放されて遊び時間が始まると、子供たちは一人ずつ真矢さんに抱きかかえられてご挨拶をする。みんな泣かずに「キャッキャッ」と笑顔になった。子供慣れした真矢さんの子供たちへの接し方は、さすが百戦錬磨の先輩ママだ。一緒に預けるママたちも、とても感じの良い人たちばかりだったので、ここに預けることができて本当に有り難かった。凛花は成長が早いのか、先ほどハイハイをしたことに皆がとても驚いていたので、

「時々つかまり立ちもしてプルプル震えるのがもっと可愛いんです」

そう言うと、さらに驚かれた。少し鼻が高かった。

しかし、次の日からが大変だった。真矢さん宅の玄関で引き渡しカードに時間を記入し、ベビーゲートの中の真矢さんの腕に凛花を預けると、いつもと違う空気感に気付いた凛花が泣きだした。

「いいのよ、じき慣れるから」

と言う真矢さんの言葉に後押しされ、でも、やっぱり泣いている凛花をそのままに置いては行けない、と後ろ髪を引かれながら閉めた扉の前を行ったり来たりした。同じく真矢

さんに預けているびー君ママが来なければ、ずっと行ったり来たりしていただろう。ようやく仕事に向かう決心がつき、少しずつ歩を進めると、「びぇーん」とひときわ大きなびー君の泣き声がはっきりと聞き取れた。

パートが終わり真矢さん宅に迎えに行くと、あたしの顔を見た瞬間に安心したのか、凜花が泣きだす。預けている時間は大半泣いているのだろう。一人が泣き出すと、つられてみんな泣きだす。真矢さんのように本当の子供好きでないとこの仕事は務まらないだろう。真矢さんにはいくら感謝してもしきれない。

保育ママに預けて二週間も経つと、凜花はかなり慣れてきてバイバイの時間は泣かなくなり、預けてから出勤するまでの時間も随分短縮された。これは大きな前進だ。他の子がママとバイバイの時にぐずって泣くとつられて泣きだすこともあるようだが、それも日を重ねるごとにだんだんと少なくなってきた。

しかし、魔のゴールデンウイークがあたしたちママ一年生に訪れた。

一ヵ月かけてやっと真矢さんに慣れてくれた凜花の気持ちが休み明けには振り出しに戻り、預ける時のイヤイヤの仕草と泣き声が響き渡り、またバイバイの訓練が始まった。

それもなんとか収まり、七月に誕生日を迎えた凜花は一歳になった。プルプルしていた可愛らしいつかまり立ちから膝もしっかり伸び、伝い歩きを始めたかと思うと瞬く間に歩きだした。

大人四人と愛華ちゃんの家族全員が普通に会話し、皆両足で立って歩く。それが当たり前だと思ったのか、凜花はメキメキと成長の一途を辿った。

真矢さんも「こんなに成長が早い子は初めてだ」と言う。

それを目の当たりにしている真矢さんに預けているお母さん方も、朝、子供を預けに来る時や帰りの引き渡しのたびに、凜花がベビーゲートにつかまり立ちをし、伝い歩きから歩き始めるところを見て、同様に感心される。さらに二言程度の単語、例えば「まま、いない」とか「まま、きた」程度だけど、おしゃべりがちゃんと会話になっていると驚かれ、凜花につられて他の子たちもみんな、つかまり立ちをしようとする努力と、おしゃべりしようとする前向きな気持ちが出てきたと言う。会うママみんなに言われるので、娘がお手本になるなんて、あたしはまたまた鼻が高かった。

それでも一歳になったおりこうさんな凜花を、また成長させなければならない時が来た。今までは母乳で育てたいがために、保育時間を四時間にしていたが、来年凜花を保育園に預けるには、申請をするまでにフルタイムで働いている実績が必要なのだ。そのために、今後は真矢さんに夕方まで預けることになる。そうなると、凜花に哺乳瓶でミルクをあげるトレーニングが必要だ。生後すぐは、おっぱいも哺乳瓶のミルクも両方飲んでいたが、ある時期から凜花はおっぱいしか飲んでくれなくなっていた。

あたしのおっぱいがすぐに張り、痛くなってしまうので、頻繁におっぱいを与えていたことも原因かもしれないが、凜花は今、哺乳瓶を毛嫌いしているきらいがある。

離乳食はおいしいのか、興味を持って食べるようになり、おねだりする時もあるくらい食欲旺盛なのに哺乳瓶だけにはなぜか分からないが拒否反応を起こしていた。搾乳したものを哺乳瓶に入れてみたり、おっぱいをねだった時にあやしながら哺乳瓶をあげてみても一向に口に含んでくれない。あまり無理にやろうとすると泣いてしまうので、結局おっぱいをあげてしまうことになる。インターネットでいろいろな方法を検索し、試してみても全部失敗に終わった。

あたしはどうにもならずに、朝、真矢さんに預ける時に相談してみた。真矢さんはトレーニング役を快諾してくれたが、仕事中もそのことが気になって、一日中心ここにあらずの状態だった。

お迎えの時間、真矢さん宅の玄関を開けると、

「まま、みるく、のむ」

凜花がよちよちやって来て、思いもよらぬ嬉しい言葉を発した。

「凜花ちゃんねえ、上手に飲んでくれるのよ。一番上手に飲むの」

真矢さんがそう言うので、話を聞いてみると、こうだった。

凜花以外の子は夕方まで預かるので、お弁当もミルクも持ってきている。だから他の子供たちにミルクをあげる時、凜花に聞こえるように、

「びーくんたくさん飲めるね、一番たくさん飲むね」

「きいちゃんは上手に飲めるようになったね、一番上手に飲めるね」

「いっちゃんは上手に持つね、両手でしっかりお上手ね」

と、他の子供たちが哺乳瓶で飲んでいる時にべた褒めした。すると今までは何でも自分が一番上手にできていた凜花の負けん気に火が点き、真矢さんが凜花に目をやると、もじもじしている凜花の姿が映った。そこを見逃さず、

「凜花ちゃんならもっと上手にできるかな」

と、凜花の心をくすぐり、揺さぶった。すると凜花は真矢さんの膝に座り、

「みるく、のむの」

と言ったらしい。そこで凜花用に渡しておいた哺乳瓶を持たせると、おいしそうにゴクゴクと、哺乳瓶でミルクを飲み始めたそうだ。

真矢さんは子供の心を上手に操る魔法使いみたいだ。その話を聞いて、あたしは本当にそう思った。いつも凜花と一緒にいる母親のあたしができなかったことを、いとも簡単にやってのける。そういえば真矢さんが預かっている子供たちの目は、街ですれ違うどんな子供たちよりもきらきらしている。凜花が最近歌を歌ってくれたり、いろいろなお話をしてくれたりするのも、真矢さんが魔法をかけてくれているからなんだ。子供を純粋にすくすくと成長させる魔法、なんて素晴らしい人に出会えたんだろう。

乳離れをするまで母乳で育てたかったが、それは諦めて哺乳瓶のトレーニングを始めたがうまくいかない。しかし、あたしにはこんな運命的な出会いが待っていた。なぜだろう。そういえば、この子を生むって決めた時、

「前進あるのみ」

あたしはそう心に決めたのだ。強くて立派な母親になる。その決心を、きっと神様が応援してくれているのだ。

「よっしゃやるぞー」

帰り道、新幹線の線路の上で思いっきり叫んでみた。幸い人も居らず、新幹線と在来線が行きかっている騒音がかき消してくれたお陰で、あたしは通報されずに済んだ。

ゴッドファーザー君臨

夏休みが来た。保育園とは違い、保育ママはお盆の時期が休みになる。一週間ではあるが、久し振りに凜花が毎日家に居ることになる。朝から晩まで大騒ぎだ。

主張の強い人間が揃い、話し声が止まない。それでも時間が来ればまず、家内と直樹が出勤し、その後に愛華を連れて私が出発。帰ってきた時にはキャピちゃんも凜花を連れて出勤しているので、私が保育園から戻ると、家は静まり返っていた。しかし今日からは違

う。愛華を送った後のほんの少し独りになれる自分だけの時間、それがなくなった。ストレスと言えば語弊があるが、確実に朝のひと時はなくなった。代わりに複雑な親子の団らんの時間ができた。

間違っても家内に疑われることのないようにきちんと距離を取って、

「おじちゃんだよ〜」

と言って接した。凜花が大きくなった時、父を探すことがないように祈るばかりである。

「だっさん、あたし、海行きたいな」

キャピちゃんが、思いがけない一言を発した。

妄想癖のある私の脳裏には「私に海に連れて行ってほしいってこと？　息がつまるこの生活からあたしを解放させて。何のしがらみもなくなったあたしを今だけ……」と迫ってくるキャピちゃんの姿が。

いかんいかん、そんなわけはない。

「聞いてる？　だっさん、無理ならいいんだけど、みんなで海行かない？」

そうだろう。そういうことだ。

「日曜日なら行けるかもな、でも一美がなんて言うかな」

居ない鬼を恐れる臆病な男がここに居た。

「ねえ、日曜日、海行かない。無理ならいいんだけど」

翌朝、家内からも海へのお誘いがあった。さては昨日、キャピちゃんと話したか。

「二千円くらいで海の家も利用できる切符があるのよ。多分今年は旅行も行けないだろうし、かといって愛華に夏の思い出が一つもないっていうのもね」

「いいね、じゃ、行こっか」

「キャピちゃんも行かない？　凜花ちゃんはみんなで面倒見てれば大丈夫でしょ」

「はい。行きます。雨でも行くんです」

よほど嬉しかったのか、日本語がやや変である。

「じゃ、そういうことで決定ね。私は愛華の分だけ用意するから、各自自分のことは自分でやってね。あ、キャピちゃん水着あるの？」

「はい。前に買ったやつですけどありまする。大丈夫です」

やはり少し日本語がおかしい。

原田家は海が大好きである。車を所有していた頃は、夏になると必ず海の近くの宿を取り、車に浮き輪やボート、バケツに熊手、網と、載せられるだけの遊び道具と水を入れたポリタンクを積み込み、暗いうちから出発し、一日中海を満喫した。潮の干満時刻、とりわけ大潮の日が当たると家族全員のテンションはさらに上がった。お気に入りの海水浴場の磯場が、潮の干満により全く違う遊び方ができるからだ。直樹ともよく遊んだ。そうだ、直樹も誘ってみるか。

　潮見表を調べてみると、日曜日は運のいいことに大潮だった。干潮時間は十時三十三分。大潮初日のため干潮時の潮位がマイナスまでにはならないが、絶好のコンディションである。出発時刻は朝六時。三歳と一歳の子連れ親子が海に出かける時間とは到底思えない。しかしこれが原田家流だ。

　六時に家を出るためには、朝は四時起きだ。この計画にはキャピちゃんも驚いていた。しかし、干潮の前後一時間を逃すわけにはいかない。


　そして日曜日が来た。四時に起きてリビングに居たのは、案の定私だけであった。昨晩、土曜日のオフィス街は人もまばらで、当然私の勤めているレストランも店内はガラガラであった。ラストオーダーの時間と同時に閉店作業を急いで終わらせ家へと直行し、すぐに就寝できたお陰だ。隣で寝ている家内を起こすか迷ったが、機嫌が悪くなられても面倒なので、一人でリビングへ行き、わざと音を立てながら準備をして、彼女が起きて来るのを待った。

　お湯を沸かして朝食用にそうめんを茹でようとしたところでキャピちゃんが下りてきた。

「だっさん早いね」

「ああ、こうなることも予測してたからね。キャピちゃんこそ早いじゃん。凛花は寝ながらでもベビーカーで連れて行けるから、ゆっくりしてていいよ」

「相変わらず優しいね、だっさん。でも、凜花が起きるまで何かするよ」

それならば、と、二人で手分けして準備をすることにした。朝食用に準備していたそうめんと、途中でお腹が空いてきた時用のおむすび、時々キャピちゃんとこういう時間を共有するのは、同居している以上は家内も許してくれるだろう。

四時半を少し回ったところで家内が下りてきた。

「おはよう」

発したのはこの一言だけで、あとは無言のまま身支度に取り掛かった。この寝起きの悪さを見て、起こさなくて正解だったと、胸を撫でおろす。家内が下りて来たことで、キャピちゃんも自分の支度を始めだし、私は愛華と凜花を起こす係になった。

「あいた～ん、あいあ～い、あいたま～」

猫撫で声で呼びかける。が、ピクリともしない。しかし、すやすやと眠る姿につい見とれてしまう。愛華の「すー、すー」という寝息に合わせてこちらも「すー、すー」うっかり寝落ちしそうになった。これじゃミイラ取りがミイラだ。気持ち良い目覚めより愛華を起こすことが優先と、強行作戦に出ることにした。愛華の泣き声で凜花が起きれば一石二鳥だ。

愛華の体の下に手を入れて、すっと持ち上げて抱きかかえた。それでも反応はない。誤算だった。ならばリビングに行き、ソファで寝かせておこう。物音や話し声が聞こえてくれば目も覚めるだろう。次は凜花だ。

「りんか～、りんり～ん」

ドアの外から声を掛けた。やはりこの先はキャピちゃんの領域、入る許可はもらっているが入るのに躊躇する。

「キャピちゃん、だめだ、どうしよう」

「じゃあ、入って連れてきちゃってください」

一応気を遣った私よりも、キャピちゃんは意外と大胆だ。愛華と同じように凜花を抱きかかえようとした。その瞬間、

「びえーん」

凜花が泣きだした。階段を下りキャピちゃんにバトンタッチすると、いつの間にかソファで寝ていた愛華が駆け寄ってきて、

「りんかちゃん、こわくないよ。あいちゃんいるからね～。いいよ、ないていいよ」

とあやし始めた。家内も私もキャピちゃんも、愛華姉さんが凜花に注ぐ愛情にほっこりし、とてもいい朝になった。

そんなこんなで予定の六時を少し回ってからようやく出発することができた。すでに夏の日差しが照り付けている駅までの道中、静まり返った商店街で原田家は賑やかだ。大人

四人が愛華をよそに会話を始めると、「だめ、いまあいちゃんがしゃべってるの」と、注目を集めたいがために愛華が皆を制する。今ではおしゃべりらしきことができるようになった凛花もそこに加わる。

凛花はもっぱら歌を歌う。得意な歌は犬のおまわりさんだ。真矢さんに教わっているのだろう。「わんわんわわーん」といつの間にか鳴きまねも上手になっている。

我が家から最寄りの駅までは大人の足で十分足らず、ベビーカーを押して歩くと意外に速く歩けるもので、駅に着いてからしばらく電車を待つことになった。

電車に乗ると、これもまた大騒ぎになる。

「おそとがみたい」

「あいちゃんのとなり」

「ままはむこうにいって」

こんな様子なので、とてもじゃないが混雑している時間帯には乗ろうとは思えない。そのうち、あっという間に終点の蒲田に着いた。ここからは徒歩移動で乗り換えだ。朝が早いため、人通りの少ないバス通りを抜けて、駅前商店街と書かれたアーケードの中に入る。ここをくぐり抜ければ「海の玄関」に到着だ。

改札階行きのエレベーターに乗り込み改札口に到着すると、そこには完全に「これから海に行ってきます」という出で立ちをした里沙が居た。おやっと思い、後ろのほうで急に

小さくなっている直樹を見ると、照れくさそうにして、

「いや、里沙に言ったら行くって言うから、みんなも知ってるし、いいかなって」

と言うことだそうだ。かくして大人三人と子供二人？　幼児二人、総勢七人の大家族が海へと向かうことになった。

ホームには、まばらだが海水浴客らしきグループが数組居た。早めに着きたいが、ここから一時間くらいは電車に乗るため、できれば座りたい。そこも考慮しての早い出発なのだ。特急電車がホームに入ってくると、皆一斉に動き出す。幸い車内は空いていた。向かい合わせのシートを陣取り、原田家全員が座ることができた。一段落ついた私たちは、クーラーボックスから飲み物とおむすびを出して皆でほおばる。

「めっちゃおいしい。この座席の感じも昭和感あって、めっちゃいい」

里沙がおむすびを一口かじり、大げさに感想を言う。つられてキャピちゃんも、

「あたしも～この椅子の感じ、最近見ないよね～」

「ねー」

「ねー」

いつの間にか、同世代のタッグチームが出来上がっていた。

そもそもこの集団は男が少ない。私と直樹の二人だ。里沙の言いなりになっている直樹は、里沙と居る時は女性陣の下僕となる。どうにも私には分が悪い。

私たちが乗った特急電車はだんだんと乗客が増えていき、一番大きなターミナル駅に着くと車両は乗客で一杯になった。「ドーレミファーソー」と聞こえる独特のモーター音も、乗客の話し声で次第にかき消されていくようになった。

電車に揺られること一時間少々、やっと終点の「三崎口駅」に着いた。

駅の改札を抜けて、冬は何屋になるのかと興味惹かれる浮き輪で覆い尽くされた商店を横目に、海まで一気に突き進む。五分も歩けば潮の香りが漂い始め、それから少し歩くとハンバーガーショップが見えてきた。その向かいの道路を横断すると、砂浜が私たちを待ち受けていた。

購入した切符に付いている海の家利用券が使える海の家もすぐに見つかり、気のいい兄ちゃんが愛華よりも大きいうちわをあおぎながら、

「いらっしゃーい」

と威勢よく出迎えてくれた。

海の家の利用券を渡すと、一人一つずつ籠とドリンク券を渡された。受け取った籠に荷物を入れて貴重品を店員に預ける。さあ、これから海を満喫だ。

テントと遊び道具を持ち、ずっと先、海に向かって右奥にある岩場までの大行進。

青い空と白い雲、陽の光できらきらと輝く水面が、優しい音を立てながら行ったり来たりするさざ波が、足元の、もう少し陽が照り付けると素足では歩くことのできなくなる砂

浜が、大きな手を広げて私たちに手招きをする。

その砂浜を幼児たちを抱いたり歩かせたりしながら、正面が海水浴場、少し右に歩けばすぐに磯場に行けるちょうど良いところまで移動し、クーラーボックスを重石にしてテントを広げる。そして家内と直樹が磯場の下見に向かい、残った我々はビニールのボートを膨らませた。

キャピちゃんにはそのままテントで愛華と凜花を見ていてもらい、私と里沙でボートを海に浮かべつつ人が乗る船室内に海水を入れる。波打ち際に打ち上げさせておけば、あとは太陽が船室内の海水を温めてくれる。小さい子を連れての海遊びでは、子供が冷たい水を嫌がったり、逆に寒くても遊びに夢中になってしまうと冷えを自覚しない子供に、暖を取らせることが必須だ。そこで温泉代わりに使うため、ボートを持って来ている。これがあればプールの代わりにもなるし、本来の使用方法であるボート遊びもできる。今日の干潮が十時半だから、お昼くらいまではこのままここにボートを置いておいても流されることはないだろう。

それにしても里沙は本当にスタイルが良い。すらっと伸びた手足に白く透き通るような肌、細身だが、やせすぎてはいない。小さい頃からバレエを習い、高校ではダンス部だったというから姿勢も良く、息子の彼女といえども気を抜くと見とれてしまう。この太陽の下ではより一層映える。白い水着もとても似合っていて、モデルと見間違うほどだ。

一方、キャピちゃんもママとは思えない若さでビキニがバッチリキマっている。この二人なら、子連れでもナンパされまくるだろう。しっかり見守っておかなきゃダメなんだが、直樹、お前はママと一緒に磯遊びか……。

潮が引き始めると、今まで海の中に沈んでいた岩肌が陽の光を浴びて煌めきだす。砂浜も徐々に広がっていき、遠くなった波打ち際にも砂に混じって隠れていた岩が顔を出し始める。大潮の日はここからが本番だ。

岩場にはたくさんの潮溜まりが出来上がり、覗き込むとうっかり逃げ遅れた魚や小さな海老が、ほんの少しの日陰にじっと身を潜めている。岩に空いている無数の穴にはカニが隠れており、その姿を想像しただけでもワクワクが体を突き動かす。偵察に行った家内と直樹が戻ったら、愛華と凜花の面倒を交代で見ることにして、岩場に出動だ。

まずは私が留守番係になった。家内とキャピちゃん、直樹、里沙で道具を持って岩場に出動した。四人のはしゃぎ声が遠くに聞こえる。私は先に愛華と凜花を連れて、波打ち際にセットしたボートまで歩いていった。

干潮に向かう時は引き波が強い。凜花が、体験したことのない水の流れに驚いている。三人で波打ち際に座ると、子供たちのお腹くらいまで一気に波が押し寄せてきた。波が驚く子供たちを一気に追い越し、引き際に私たちの尻や足を砂の中に埋めていく。何が起こったか瞬時には理解できない様子だが、埋まった足を見た愛華がハスキーな声で、

「なんかへんなかんじ」

と言ってゲラゲラ笑いだすと、凜花もつられて、

「へんなかんじひっひっひ」

と言って二人で笑いだした。

何度か波の行き来を繰り返し楽しみ、愛華と凜花が海に慣れてきたところで立ち上がり、今度は立ったまま波が来るのを待ち受けた。波が来ると、バランスを崩し倒れそうになるが、なんとか持ちこたえ、二人で顔を見合わせて「ひっひっひ」と笑いだす。こんなに小さい子をも笑顔にする、やっぱり海は偉大だ。

日差しはとても強いが風も強いため、水に濡れると体が冷えてくる。特に日焼け防止のために私たちはラッシュガードを着ているので、濡れた衣服を纏っているのと同じだ。先ほど作った「ボートのお風呂」に愛華と凜花を入れて暖を取る。時々海まで走ってバケツに水を汲んできて、二人の頭の上からザブンと掛けてあげる。するとまたまた大喜び。気付けば私も童心に戻ってはしゃいでいた。

「原田君」

私たちの元に里沙が戻ってきた。

「せっかく新しい水着着てきたのに、岩場で上着着て、魚とかカニばっかり見ててホントつまんない」

それは里沙の言うとおりだ。家族同伴とはいえ、彼氏と海に来ているのに彼氏はママと一緒に、カニ見てきゃっきゃ、魚見てきゃっきゃ、それを取っては水槽に入れてニンマリ。きっと私の想像どおりだろう、怒るのも無理はない。

「でも、久し振りに邪魔者なしで原田君と一緒に居られるから、ま、いっか」

「おいおい、もうそういうのはないんだろ、直樹を頼むぞ」

「だめ、今ね、また火が点き始めてるの。なんかキャピちゃんと原田君、いい感じなんじゃないの？」

里沙の母親は、高校時代、私の同級生だった。再会した時、父親のいない里沙は私に恋心に似た淡い思いを抱いていた。当然、何も進展はなかったが、当時の里沙は、私に随分と積極的にアプローチを仕掛けてきた。最近ではそんなことがあったのも忘れるくらい直樹と順調にいっているはずが、どういうことだ。

「何言ってんだ、キャピちゃんは一美の親戚だぞ。ちょっと複雑だけど、今は我が家を本当の家だと思って暮らしているのにそんなこと言うもんじゃない」

「なにムキになってるの、冗談だよ。でも、今のでちょっと怪しいかな？」

「ないないない」

この娘は何でも見透かしてくるようで嘘がつけない。

「ほら、せっかく来たんだから子供とも遊んで」

「この子たちがあたしと原田君の子供だったらなぁ」

「だからやめなさいって」

そんなやりとりをしているとキャピちゃんも戻ってきた。

「有り難うございます。あとはあたしが見てますから」

「大丈夫だよ。それより里沙と二人で泳いでおいでよ。まだ浸かってないだろ、海」

私は若い二人へ海に入るよう促した。若者がせっかく海に来たんだから、思いっきり海で遊ばなければもったいない。

私の申し出を受けたキャピちゃんと里沙はテントへ戻り、浮き輪を持ってこちらに手を振りながら笑顔で海へ突進していった。

若い娘の水着姿は、とてもいい目の保養だ。しかし、じっと見ているわけにもいかないので、こちらも全力で子供たちとの遊びを再開する。今度はお砂遊びに興じた。

湖が引いた後の砂浜は、砂遊びにはもってこいだ。子供の砂遊び用に持ってきたスコップを二本使い、両手で砂を掘り、山を作っていく。すると掘った後には自然と水が溜まってきて、山の隣に湖が出来上がる。しかし、あっという間に周りの砂が流れ込んできて、すぐさま湖は消滅する。そうならないように必死に掘る！　掘る！　明日の腰痛と筋肉痛を覚悟して掘り進めた。愛華と凛花も大きくなっていく山を平手でペタペタ叩き、固めてくれる。ようやく大きな山と湖が完成した。山にトンネルを掘ったり、湖をぴちゃぴちゃしたり、暑くなったら水際で転がって、親子三人で夏の海を満喫した。

ふと、キャピちゃんと里沙の様子が気になり沖を見たが、それらしき二人が居ない。目を凝らすと、二人が持っていった柄の浮き輪を見つけた。しかし、二人のはずが四、五人居るように見える。もしやトラブルに巻き込まれたか、いや、あの様子はナンパされているんじゃないだろうか。草食系男子が多いと言われているこの時代、こういう経験は貴重だ。しかしその反面、夏の恋は熱しやすく冷めやすい。「恋せよ乙女」はいいが、泣いて終わるのは親として見過ごせない。二人の親になったつもりで、様子を眺めながらついまた妄想が始まってしまった。しかし妄想が現実になったようで……。


「やった！　二人とも超可愛い。おい、こんなことある？」

「ないない、いや、神がかってるっしょ。これ運命じゃね？」

「おお、マジでディスティニー」

「ハルト、それかぶってっから」

「なになに～」

（え、里沙ちゃん、なんで食いつきいいの？）

「マジでどっからきたの」

「ユウヤ、お前マジでの使い方間違ってっから」

「イヤ、いいっしょ、二人で来た？　電車？　花火好き？」

「質問詰め込みすぎ〜」

（やっぱ里沙ちゃんノリノリだわ、可愛いからしょっちゅうナンパとかされて、ナンパ慣れ？　でも直樹君と来てるんだよ、どうすんの？）

「俺ユウヤ、で、こっちが」

「ハルトでーす」

「コウヘイでーす」

「里沙でーす、で、こちらはキャピちゃん」

「キャピちゃんとか超可愛くねー」

「エー、あたしは〜」

（やばいよ里沙ちゃん、そんなんじゃ本気で持ってかれちゃうよ！）

「当ててみよっか、電車で二人。夏を満喫しに来たと見た！」

「半分当たり〜。でも、ファミリーで来たの」

「ファミリーって、じゃあ里沙ちゃんとキャピちゃんって姉妹なんだ」

「うーん、そんな感じ？　ね、キャピちゃん」

「う、うーんそうだね、そうかな？」

（いやいや、言えないけど凛花は直樹君の妹になるから、将来私はもしかするとあなたの母かおばさんだよ……)

「俺らさぁ、夜、浜辺で花火やろうと思ってんだよね、一緒にやんない？」

「えー、どうしよっかな〜」

(ちょっと里沙ちゃんもうダメだよ！　この人たちは狼なんだよ！)

「いや、マジで、俺ら車で来てっから、帰りはちゃんと送るから」

「ユウヤ、いつもマジでばっかりじゃん」

「コウヘイさー、空気悪くなっからマジでやめろよ。でさぁ、二人とも、喉渇いたっしょ、上がってなんか飲もうよ！」

「どうしよっかな〜」

(里沙ちゃん天晴れだよ、あんた、どんだけ場慣れしてるの)

「行こ行こ！　上陸だー」


愛華と凜花に水分補給をさせようとテントに戻っていた私は、里沙とキャピちゃんが気になり沖に目をやった。すると二人の浮き輪は三人の男共に引っ張られ、岸に向かって泳いでくるではないか。

次に私は岩場に目をやったが、家内と直樹の姿は見えない。きっと魚を追い求め、奥まで行ってしまったんだろう。直樹、ピンチだぞ。お前が今追いかけなくちゃいけないのは魚でもロマンでもない……。

里沙とキャピちゃん、そして三人のナンパ男が砂浜に上がってきた。どんどん近付いて来る若者たちに私は何の打つ手もない。「オラオラ」な感じの男共だったら彼女たちの身に危険が及ぶかもしれない。私はどう対処すればいい？　どうする、どうする？

「パパ〜、海でお友達できたよ〜」

いったい里沙は何を言ってるんだ、見るとキャピちゃんも呆気にとられている。

「なんか飲み物奢ってくれるんだって」

あー、なんだろう、この巻き込まれ事故感。頼むから若い者同士でやってくれないか。

しかし、ここまできたらそうは言っていられない。今、得意の妄想を現実の世界に放出しなければならない時が来た。私の脳内には、「コワモテ」案と「おフザケ」案の二つが出てきた。あーどうする。ええい、ままよ！

「おー、里沙、なんだって？　よく聞こえなかったな」

とりあえず行けるところまでコワモテで突き進むことにした。

「パパ、ダメでしょ、素人さんには優しくしないと。また面倒臭くなっちゃうよ」

よし、さすが里沙だ。うまく乗ってきた。すると愛華と凜花がキャピちゃんと里沙を見つけて走り寄った。凜花がキャピちゃんを「ママ〜」と呼ぶものだから愛華も里沙を「まま〜」と呼びながら足元に飛びつく。ここから私の出番だ。

「おう、兄ちゃんたち、二人が世話になったみたいだな。じゃあなんかワシが冷たいもんでも買うてきたろうか」

「え、いや……あ……」三人が硬直した。

でもそうだろう。ナンパをした里沙とキャピちゃんが二人共ママで、しかもパパが一人。そのパパは、海に居るのに上半身はパーカー付きの上着でフードを頭から被り、ファスナーを上まで締めた首元には、金のぶっといネックレス、水着のトランクスの中にも、くるぶしまである真っ黒なタイツを穿いているのだ。答えを言ってしまえば、職業柄、日焼けで痒くなったり、皮がむけたりは避けたいがための服装と、財布など持っていないタイミングが多い海では、何かあった時の手付けと言うか、預かり金になり得る金のネックレス（たった今、起こっているような事態に備えた）が怖い系の人にも見えてしまうのだろう。しかも、指にはキャピちゃんがパートの初任給で私と一美にペアで買ってくれたゴッツめの指輪が光っていた。

きっとナンパ男たちにも私がそう見えたのだろう。流れはこちら側にあった。

「カルピスソーダでいいか？　あぁん？」

「いや、自分ら喉渇いてないッス。なあ」

「海水で腹ガボガボっす」

そこへ家内と直樹が帰ってきた。

「もうクタクタよ。今日は本当、当たり日だわ。で、誰？　この子たち」

家内がとぼけた顔で聞いてきた。

もうこれ以上は芝居ができないというタイミングで、里沙がナンパ男たちに種を明かした。

「いや、マジでヤバイと思っちゃったんすけど」

「ユウヤ、今のマジでは合ってるわ」

緊張が解けて、皆でクスクス笑ってしまった。

聞けば三人は地元の高校三年生で、私たちが今回利用している海の家の店主の息子と同級生ということだった。ならば話は早い。私たちは三人を連れて、念願の「海の家ラーメン」を食べに、海の家へと向かった。

海の家の中は、砂浜に設置されたテントやパラソルの数とは対照的に、まだお昼前ということもありかなり空いていた。私たちと一緒にナンパ男三人衆が入っていくと、親父さんと若い男の子が「あれ？」という顔で出迎えた。

テーブルを三つ付けさせてもらい、全員着席し、注文が済んだ後で会話が始まった。

「いや、近くで見たらホント、ヤバすぎってくらい可愛いって」

彼ら三人は、同じ高校の野球部のチームメイトで、県大会を二回戦で敗退したため部活も引退となり、〈高校最後の思い出〉ということで、毎日この海で遊んでいたそうだ。三人がナンパを始めたきっかけは、逆ナンされたことかららしい。

ついこの間、七月の終わりに、いつもどおり砂浜を徘徊していると、ハルトが、

「なんか、やたら見てくるお姉さんがいるんだけど」

海を見る視線の先に、たまたまハルトが居ただけだろうと結論付けたが、ユウヤが、

「ひと夏の思い出のチャンスじゃね？」

と前向き発言。Uターンして、また見られたら行くしかない。と決めて、もう一度歩いてきた方向に戻ると、そのお姉さんはやっぱりじっとこちらを見ている。

「どうするどうする」

どぎまぎしたが、

「間違いも夏の思い出っしょ」

と、ダッシュでお姉さんの所へ三人で向かった。

そのお姉さんはサマーベッドで横になっていた友達を起こし、笑顔で彼らを受け入れて、仲良く五人でお話をしていると、

「マリさんっていう人がスゲーグイグイ来て」

テレビでしか見たことのない「オイル塗ってくれる？」攻撃をしたり、「マッチョ好き

アピール」で、彼らの大胸筋にボディータッチをしてきたりと、男子校で真剣に野球に取り組んでいた彼らには刺激が強すぎ、完全にお姉様のペースに翻弄されたそうで、

「でも、今は昼間なんで、これ以上は言えないッス」

どうやら相当弄ばれたようだ。

「直樹はナンパしたことないもんね」

「する必要ないから」

「何それ〜、じゃあ、逆にさっきの状況で直樹はどうするの、原田君は助けてくれたよ？」

「その時じゃないと分からないけど、助けるに決まってるし」

「ア・リ・ガ・ト、ナーオキッ」

里沙が直樹の肩に抱き付いた。そして、挑発するような目で一瞬私を見つめてきた。

「じゃあ、パパさんは、俺らがオラオラなヤバイ奴らだったらどうしたんですか？」

コウヘイが私に質問を投げかけた。

私はここぞとばかりに、頭に浮かんでいたもう一パターン、酔っ払ったおじさんの真似を全開で披露したところ、真夏の海の家が、南極を想像させるほどの凍えるような寒さに変わってしまうという貴重な体験を味わった。

その氷を溶かすように、

「お待たせしました～」

店員がラーメンを運んできた。ナンパ男三人衆はとてもいい子たちなんだろう。

「あ、おじさん、俺ら運びます」

と言って、サッと調理場のほうに向かい、両手でラーメンを持って私たちのテーブルまで運んでくれた。

運ばれてきたラーメンの丼を両手で持ち、スープを味わった後、割り箸で麺を持ち上げズルズルッと一気にすする。ここの「海の家ラーメン」は本当に旨かった。子供に戻ったように麺を一口すするたびに笑みがこぼれ、食べている途中なのに、食べ終わってしまうことが寂しくて、浮いているネギをかき集めてはスープをすすり、底に沈んだほうれん草を箸に引っ掛けてはすすり、結局スープも全部飲み干してしまった。あともう一口食べたい。祭りの後の寂しさのような、そんな気持ちにさせられる一杯を堪能した。顔を上げると、みんなラーメンをすすっているが、どの顔もおいしい笑顔で見ていて微笑ましい。

食後はせっかくなので、里沙とキャピちゃんがナンパをされた記念にと、罰ゲーム体験中のようになっているナンパ男三人衆を後ろに据えた二人の姿をスマートフォンで写真に収め、「ユウヤ、ハルト、コウヘイ」を解放し、私たちは再び海へと遊びに戻ることにした。彼らの次なるナンパが成功することを祈る。

正午を回っていよいよ暑さも本格的になり、風も強くなってきた。朝が早かった我々は、子供連れということもあり、早々と退散することにした。海の家の親父さんと息子にお世話になった礼を言い、海を後にする。

砂浜から道路に続く階段を上りきったところでナンパ男三人衆のことを思い出し、振り返るが見つかるわけもない。今頃は再びナンパに精を出していることだろう。

三崎口駅に着くと、始発駅のために出発を待っている電車が停車しており、全員座席を確保することができた。家内と愛華はもう目を瞑り、眠る態勢に入っている。かろうじてキャピちゃんは起きているが、凜花は目をトロンとさせながら親指をちゅぱちゅぱしている。じき寝てしまうだろう。直樹もうとうとしている。目をギラギラさせているのは里沙だけだ。さっきから私のスマートフォンの着信バイブが鳴り止まない。私だけ仲間はずれのように席が別なので誰にも気付かれてはいないが、里沙が今日撮った自撮りの写真を送ってくる。いったい誰への対抗意識なのか、そんなもの返信しようもないので私も眠ったふりをした。

電車の心地良くも激しい振動に揺られて、本当に寝てしまった私は、乗り換えの一駅前で目が覚めた。みんなも終点まで行くのではないかと思うくらいぐっすりと寝ていた。乗り過ごしてしまうと面倒なので、愛華と凜花を起こさないように、みんなの膝を軽く叩いて起こして回った。

その時だった。里沙の膝をトントンと叩くと、私の顔をはっきり捉えたはずの里沙が私の手を引っ張り、自らも体を前に起こして抱きついてきたのだ。

突然のことで私も驚いたが、隣の席に居た直樹も「えっ」という顔で私を見た。直樹にそんな場面を見られて慌てた私は、

「直樹は隣、隣」

まるで昔に毎週観ていたコントの「後ろ後ろ！」のように里沙を座席に戻しながら声を掛けた。直樹がびっくりしながらも冷静に、「そこ、間違える？」と言ってくすくすと笑ってくれたことが幸いだった。


「海の玄関」は、帰りには「都会への入り口」に名前を変えていた。三時過ぎに到着し、やっぱり電車は楽だなと痛感した。車ならきっとまだ渋滞に巻き込まれて、全員がすやすや寝ているところを眠気を堪えて運転していたことだろう。

ここから蒲田駅まで十分少々、アーケードがあるとはいえ、熱気でムンムンの街中を移動してから乗り換えるのも難儀だ。そして遊んだ後の疲れた体にこの大荷物。そして最寄り駅から炎天下の中、地獄の行軍。車ならエアコンの効いた車内で玄関前まで行けたのに。車には車の、電車には電車の利点がある。結局どっちもどっちか。

「夕飯は何か買って帰ろう。私はもうクタクタ。ね、キャピちゃん」

家内がキャピちゃんを巻き込んで家事を放棄した。ま、当たり前か。

「じゃあ駅前のスーパーでも寄るか。あ、あと山本の串カツ」

私が買い物をしていく発言をすると、続いて直樹が、

「俺は焼き鳥買ってくよ。今無性に焼き鳥が食いたい」

「里沙も焼き鳥食べたーい」

おい、直樹、ここは「じゃ、俺らはどっか寄ってくわ」的なフワフワしたことを言っておいて、里沙とお茶でも飲みながら、「やっぱなんか砂とか塩で体気持ち悪いからシャワーでも浴びに行こうぜ」とか言って日焼けで火照った体を冷たいシャワーで冷やしたり、日焼けでついた痕をなぞったりして、また気持ちも体も火照ったりするところだろ！

「じゃ、あんたたち三人で好きなもの買っといでよ、私とキャピちゃんは家帰って、ちょっと休憩するわ」

ん？　三人？　直樹と里沙と？　ちょちょちょ、さっきからの里沙の行動から想像すると、絶対にまずい気がする。危険を察知した私は駅のホームで、

「あ、急にたこ焼き食いたくなったわ、直樹も食べるだろ、先帰っててていいぞ」

そう言いながら改札口へ駆け戻り、階段下にあるたこ焼き屋へと向かった。

たこ焼きを買い、駅前のスーパーマーケットに寄ってから家に帰ると、直樹はシャワーを浴びていた。階段を上りリビングに行くと、思ったとおり里沙がスマートフォンを手に

ソファで一人でくつろいでいた。

「お帰り」

にこにこした里沙がこちらを向き、立ち上がったが、私は「おう」と一言だけ発し、手際良く駅前のスーパーで購入したお刺身を冷蔵庫にしまい、ついでに麦茶を取り出し、グラスに注ぐと一気に飲み干した。それからシャワーを浴びにリビングからそそくさと退散した。

「里沙、相変わらずモテるな、しっかり捕まえとけよ」

先にシャワーを浴びに風呂に入っていた直樹に話しかける。

「大丈夫っしょ、だって今日、『キャピちゃんがこの家を出たら今度は私が一緒に住んでもいいかな？』なんて言ってたし」

いやいやいや、考えすぎかもしれないが、それは二つの意味があるかもだぞ。

「そうか、二人とも就職したんだから、どこかにマンションでも借りればいい」

「まあね。先出るよ」

そう言って、風呂場と私との会話を後にした直樹は相当なマザコンだ。家族で外出した時は、友達に見られたくないのか、離れて歩いたりしているが、キャピちゃんが来るまでは、家内の休日など、ずっと家で一緒にベタベタして過ごしていた。

「いつもあいちゃんとおとうさんふたりになっちゃうね」

と、当時、まだ二歳だった愛華にもぼそっと言われるくらい、家内と直樹は常に一緒に居るのだろう。きっと直樹はしばらく家を出る気はない。

シャワーを浴びてリビングに戻ると、もうすぐ五時半。「笑点」が始まる時間だ。シャワーを浴びる前に冷凍庫に入れておいたキンキンに冷えている缶ビールを取り出し、プルタブを引く。「プシュッ」と心地良い音が鳴り、プルタブを元に戻す。昔の缶はプルタブを引き抜いたが、いつの間にかこの手順に慣れている。「グビグビグビッ、ぷはぁー」と、一気に飲み干しそうだ。

遊び疲れた後のビールは旨い。買ってきたたこ焼きをレンジで加熱している間に、テレビのスイッチを入れた。ちょうど司会が演芸のお笑い芸人を紹介しているところだった。

テレビの音を聞きつけて、寝ている凛花を抱いたキャピちゃんがリビングに下りてきた。

「あたしもたこ焼き貰っていいですか」

「食べな、ちょうどあったためたところだからおいしいよ」

すると階下の部屋から直樹と里沙も上がってきた。

「里沙もたこ焼き食べるぅ」

みんなの話し声が重なると、凛花が泣きだして、一気に賑やかになった。そうなると愛華も黙ってはいない。一美を置いて一人で下りてきて、

「ままがねてるから、しぃーっだよ」

堪えきれずにみんなが大笑いしていると、もう少し寝かせてくれと言いたそうな一美が、里沙がいる手前、渋々リビングに下りてきた。

全員揃ったところで宴会が始まった。原田家は、夕飯時に全員揃うといつも宴会が始まるのだった。

愛華はテンションが上がり、保育園で習った歌を振り付きで歌いだし、里沙と直樹がスマートフォンで動画を撮り始める。凜花も負けじと体を揺らしながら「犬のおまわりさん」を歌いだした。「幸せってこういうことなんだな」としみじみ感じ、ちょっと濃い目に作ったハイボールをズズッとすすった。なぜだか目頭が熱くなり、涙が零れ落ちそうになった。

「やだ、あなた、ずずずっ、だって。おじいちゃんみたい」

私のさまを見た家内が笑いながら言う。

「あんだって?」

耳に手を当て、芸人口調で言うとみんなが笑い、愛華も真似して、

「あんだって、あんだって」

と繰り返すものだからみんなの笑いが止まらない。子供の成長を感じ取れ、本当に幸せな時間で、キャピちゃんも心の底から楽しんでいるようだった。

思い起こせば私とキャピちゃんの不貞から始まり、それを受け止めてくれた寛容な家内、

本当の関係を知らずとも、きちんと家族として接してくれている直樹、彼を支えてくれている里沙、無邪気な愛華と凜花。家族万歳。原田家万歳だ。

楽しい時間はあっという間に過ぎる。休みとはいえ、子供たちの生活リズムを崩すと明日が大変になる。八時半でお開きにすることにした。

リビングに人が居ると子供が寝たがらないので、直樹に里沙を送るように言った。子供たちはもっと遊びたいのだろう、里沙の足元に抱き付き、行く手を阻む。それでもなぜか余裕な里沙は、

「じゃあ、E．T．する？　はい、タッチ、E．T．」

そう言ってタッチをした後に、人差し指を愛華に差し出した。見よう見まねで愛華も人差し指を出すと、二人は指先同士を触れ合わせた。里沙はそのまま愛華に、

「これはね、離れていても私たちは友達、いつもあなたのここに居るよってことなの」

愛華の胸の辺りに優しく触れながら、語りかけた。

「いーてぃー、いーてぃー」

初めてするバイバイのサインに愛華は喜び、私たちにも「E．T．」を催促した。凜花も里沙に「E．T．」をねだる。快く応える里沙は、美しく優しい、まるで聖母のように微笑んでいた。こんなに素敵な女性がそばに居てくれるなんて、直樹も幸せ者だ。

なんてことを

仕事帰りにいつものバーに寄った私は、店の雰囲気がなんとなく違っているように感じた。そう、いつもはカウンターが埋まってからボックス席が埋まっていくのに、今日はボックス席で新顔の若者四人を常連客の秋山先生、松苗さん、タノケン、田仲さんが囲んで盛り上がっているのだ。カウンターには女性が一人でマスターと談笑している。

「あ、原田さん」

一番奥に腰掛けていた田仲さんが、もう随分酔っているのだろう、真っ赤な顔で声を掛けてきた。私はピンときた。

「こんばんは。そちらは田仲さんが言ってた期待の若手たちですか？」

田仲さんは音楽プロデューサーをやっている。目の前にいる若者たちが、きっといつも言っている、今、一番波に乗っている有望なグループ、スケルトンzだと私は確信したのだ。

「え、あの、原田さんって、愛人を自宅に住ませているっていうレジェンド原田さんっすか？」

「ふぁいいぃいぃい？」

頭が真っ白になった私は、裏返った声でこれしか返せずにいたが、それは周りも同じことであった。そしてそれに追い討ちをかけるように、

「あ。すいません。これ口止めされてたやつ……」

この一言で最初の発言が真実味を帯び、さらに場の空気が凍りついていくのが手に取るように感じられた。

「なるほどですね」

私は最近この店で流行っている言い回しで回避しようとしたが後の祭り。きっと今までは彼らの話で盛り上がっていたはずが、一気に私が皆の輪の中心に収まってしまった。

誰も言葉を発しない数秒間――それはとてつもなく長く、そして私の意識は店の中を飛び出し、空を超え、宇宙空間を漂っていた。宇宙ステーションを見つけ、「ああ、私の居場所はここだった、間違えて違う扉を開けてしま……」

「原田さん」

遠くで誰かが私を呼ぶ声がする。やめてくれ、今、やっと宇宙ステーションにいる仲間が私を中に入れてくれようとしているんだ……。

「原田さん、はは、言われちゃってますよ、田仲さんも悪い人だなぁ、原田家の大奮闘を私らの与太話で捻じ曲げてこの子たちに説明しちゃったんでしょ」

松苗さんが助け船を出してくれた。

「はは、そ、そうなんですよぁ、あぁ、こいつらを焚きつけるためにちょっと盛ったというか……」

「あ、なんかスイマセン、俺、変なこと言っちゃって」

田仲さんに続いて先ほど通り魔のように私にナイフを突きつけてきた若手アーティストの一人、マイキーが火消しに走るも、どれも乾いた言葉ばかりで、みんなの腹の中にくすぶっている疑惑の炎が消えることはなかった。

「実はさ、」

そこで秋山先生が、静かな口調で語り始めた。

「悪く取らないでほしいんだけど、あの話は、あ、原田さん家のね。本当だったら美談になるんだけど、実際のところ信憑性が……ていうか、あまりにも出来すぎてさぁ」

何だろう、この、敵うはずのない相手に立ち向かい、挙句精神力だけでかろうじて立っている感じ。わたくし、そんな感覚に陥っております。

「本当のところはどうなの？　もう一年以上も前のことなんだからさぁ、この際はっきりさせようよ」

一年以上前だって？　私は現在進行形なんですけど？　そして、「本当はどうなの？」って聞かれて嘘つける人っていますか？　これって未成年とか、まだ学生時代の責任能力や、分別のつかない世代を超えたらしちゃいけない質問形式なんじゃないんですか？　私の中で、あの恐怖の「大人の三者面談」の時間が思い起こされた。

「あの、原田さん、何飲みます？」

「ふぇっ？」

マスターが注文を聞いてくる形で私に助け舟を出してくれた。有り難う、心から込み上げてきた有り難うだ。

「あ、すいません、コロニャを、コローニャをください！」

いい感じで話が中断された。そこでまた、松苗さんが、

「よおっし、今宵はこの酒を飲みたいぞっ」

まさかの「響《ひびき》先輩」の登場だ。響先輩とは、スイッチが入ると急に高級酒を皆に振舞いだす松苗さんの愛称だ。お好みのウイスキーの銘柄からその名が付いた。

たっぷりと酒が注がれたグラスが皆の手元に回ると、いつもの掛け声が始まった。

「よおっし、三十分で飲みきれよーっ！」

「うぉーっ！」

歓声が上がり、カウンターに居た女性のお客さんにもグラスが回っており、彼女も含めて乾杯の輪が広がった。こうやってこの店は常連の輪が広がっていくのだ。そして、酒の良いところ？　は、酔いが進むとなんとなく有耶無耶《うやむや》にできてしまうところか。先ほどまでの私への追及も、今や皆の脳裏から忘れ去られているようだった。

そして私は途方に暮れ

「あなた、どういうことか説明してちょうだい」

一美が帰宅した私に突然詰め寄ってきたのは、秋山先生からの追及など頭から消えていた頃だった。一美が買い物に行ったスーパーマーケットの店先で、偶然直樹の同級生のお母さん二人の立ち話が耳に入った。それは、間違いなく、あの日、あのバーで語られたことだった。いつものメンバーが家で話してしまうとは考えづらい。私たちには、「仕事とあの店での話は家庭に持ち込まない」という暗黙のルールがあるからだ。すると、あの日カウンターに座って居た女性しかいない。運の悪いことに、彼女はきっと直樹の同級生の母親だったのだろう。私はあの日の出来事を包み隠さず一美に話した。心の中で皆に謝罪しながら……。

「なんでバーなんかでそんな話するのよ、誰が居るか分かんないじゃない。あー。もう、あー、ほんとにほんとにほんとうにっ！」

私が黙っているとすかさず一美は続けた。

「それになんで田中さんが本当のこと知ってるのよ、あなたいったい、誰に、いえ何人に本当のこと話したのよ、私は今やあなたの愛人と子供を育てている何にも知らない哀れな女ってことになってるのよ」

そんな広まり方をしているのか。人の噂というものは、勝手に尾ひれがついて膨らんでいく。何も言えず、貝のようになっている私に、

「もう恥ずかしくってここには居られないわ、しばらく実家に帰ることにするから直樹たちには適当に言っておいてちょうだい」

そう言うと、一美は部屋に戻り、翌朝大きな荷物と共に仕事へと向かった。見慣れない服を着て……。

そうなると、「愛人に旦那を寝取られて家を追い出されたって噂が立つんじゃ……」と、心の声が今にも飛び出しそうになった。

一美が居ない原田家は、いつも以上に賑やかになった。それも悪い意味で。

人手はあるので、家事で困ることはなかった。問題は愛華だ。朝はもともと私が保育園に送っていたのでそこは良いのだが、夕方のお迎えにも私が行かねばならなくなり、仕事の休憩時間を使って愛華のお迎えをして、家に戻ってキャピちゃんに引き渡し、眠るまで面倒を見てもらった。初日はパパのお迎えという、いつもと違う状況を楽しんだ愛華だったが、お風呂の時も夕飯の時も、寝る時までもママが居ないことが不安になり泣き続け、また泣きつかれて寝る。私が帰宅した音で目が覚め、隣にママが居ないことを思い出し、また

泣く。翌朝からは、保育園に行くことも不安になり、引き渡しの時も小さい子と一緒になって泣き出す始末。よくしゃべる愛華は、保育園で家からママが居なくなったことを全て話し、先生たちも私が迎えに来ていることをなるほどと受け入れた。言葉には出してこないが、先生たちの憐みの視線が痛いほど突き刺さる。そして、この噂は直樹の耳にまで届いた。

直樹はそんなくだらない噂話など気にしないと言ってくれたが、そもそも噂話が出回ること自体、私の脇が甘いと指摘してきた。そして、友達にも事実ではないと、きっぱり否定してくれていた。

問題はキャピちゃんだった。狭い街だから噂が広まるのも早いし、どこに居ても好奇の目に晒された。職場に居てもパートの仲間が何かを言っているような気になり、買い物をしていても、聞こえてくる他愛のない話声ですら、自分のことをひそひそ話されているような気になってしまった。皆、気にしていないふりをしているが、次第に原田家の行動は、闇に隠れて生きるあの妖怪人間のようになっていった。

私もキャピちゃんも一美と音信不通になり、唯一直樹だけがラインでやり取りをしているようだが、久し振りの実家暮らしを満喫していて、戻る気はないらしい。愛華のことは気にならないのかと問うと、変に一度だけ会ったりすると思い出して泣くだろうから、会わないことを貫いたほうがいい、という趣旨の返信が来たらしい。

愛華を保育園に送る時間も徐々に早くなり、今では開園の七時きっかりに預け、足早に家に帰る。キャピちゃんも、凜花を送る時には帽子を目深にかぶり、できるだけ細い道を選んだ。買い物は私が帰りにしていくので、キャピちゃんにはまっすぐ帰るようにしてもらった。事情を知った里沙から、

〈一美さんが居ないなら、あたしがそこに収まろうかしら〉

というう意味深なラインが送られてきた。これ以上複雑にしたくない私は、「？」マークのスタンプを送り返してお茶を濁した。しかしこんなやり取りでも、クスリと笑えて心が和んだ。

半月経っても状況は一向に変わらなかった。私とキャピちゃんは人目を避けて生活をし、愛華は母を思っては泣き、つられて凜花も泣いた。朝はなんでママは居ないのかを延々と聞かれる。最初のうちは買い物に行って、きっと迷子になったのではないかと捜しに行くふりをしてごまかしていたが、今や時間的にも精神的にも余裕がなくなっていった。

もう、無理だ。完全に参ってしまっていた私は、金銭的な援助をするから、キャピちゃんにはこの家を離れてもらい、どこか違う街で生活してもらおうかと考え始めていた。

青天霹靂

ピンポーン。

家の呼び鈴が鳴った。久し振りの平日休みで、しかも珍しく田仲さんからラーメンのお誘いがあったからだ。私たちは、平日の休みが合う時は、「二郎部」という名のもと、二人でラーメンを食べに行くことにしているのだ。しかし、約束をしていた時間より随分早い。ドアを開けると、

「こんにちは、原田さん」

そこにはスケルトンzのマイキーが立っていた。後ろには大きめのカメラを肩にのせたスタッフらしき人がいる。

「あれ、マイキー君も一緒に行くの？　取材付き？」

スケルトンzは、あの後すぐ、音楽番組やバラエティー番組で引っ張りだこの有名アーティストになっていた。確かにあのバーで会った時にラーメン好きと聞いてはいたが、そんなことにまでテレビはついて来るのかと、半ば感心と、片やプライベートも失くされていく売れっ子芸能人のつらさを勝手に思いやった。

「いや、今日は原田さんにインタビューをさせてもらいたくて、俺たちの恩人ってことで」

「はあ？」

「詳しいことは後にさせてもらって、ひとまずオーケーってことでいいっすか？」

かなりの押しの強さは後ろでウィンクしながらゴメンポーズをしている田仲さんの差し金か。しかし、この街にテレビカメラが来るなんて滅多にないことで、次第に人が集まってきた。

「いや、じゃあ、とりあえず一旦中に……」

「じゃ、オーケーってことで」

「うるせえ、騒ぎが大きくなるからさっさと入れって言ったんだよ」

食い下がるマイキーに、つい声を荒らげて関係者を家に引き入れた。


オムツやおもちゃ、子供たちの食べ残しやお菓子の袋などが散乱した、到底人を招くことなど考えていなかったリビングに、怒鳴りつけられてしゅんとしているマイキー、きっとこういうことは慣れっこだからこそうつむき加減で神妙な面持ちのスタッフ、そしてなぜかにやにやしている田仲さんが私と向かい合った状態で座った。

「これは何の騒ぎですか？」

お茶も出さずに私が切り出した。

「有名になるきっかけや、恩人とのエピソードをイイ話として放送する番組に出演が決まって、俺たちだったら原田さんかなって思って」

「ちょっと待って、なんで私が恩人なの、だってこの間一回一緒に飲んだだけでしょ」

後ろでにやにやしていた田仲さんが口を挟む。

「こいつらの売れるきっかけになった曲のモデルって、原田さんなんですって」

「え、そうなの！」

「いや、気付いてなかったの？」

スケルトンzは有名人の口コミからインターネットで火が点き、今やテレビを点ければ、また、街中でも、スケルトンzの曲を耳にしない日はない。それぐらい有名な楽曲のモデルが私だなんて……確かにその歌詞はこうだ。

♪自分の蒔いた種だけど、後悔で胸張り裂けそう♬

とか、

♪俺がやるって決めたから、やりきることで俺の宝♬

そんなフレーズを思い起こしてみれば自分に当てはまるような気もするがそんなのみんな思うことで、共感した人が多いからこの曲は売れたのであって、まさか挙句女房に逃げられた男の歌だなんて夢が壊れますよ。

「気付いてないですよ。聴いている人だって、まさかこんなおっさんが曲のモデルだなんて思ってないでしょ」

「まぁまぁ、こっから先はマイキーが説明しますから」

マイキーが引き継いだ。

「今思えば俺たちは、現状に満足してたっていうか……」

スケルトンzのメンバーたちは「音楽一本で飯を食う」までには全然及ばなかったが、多少なりともファンはついていたし、深夜番組や、BS放送などに出演した経験もあった。さらには楽曲の提供をしたり、アルバイトをしたりして十分に生活はできていたので、現状に何の疑問も感じずにいた。そんな彼らに業を煮やした田仲さんが、

「お前ら、こんなところで胡坐かいてていいのかよ！　必死さが足んねーんじゃねーのか！　もっとハングリーになれよ、生きていくだけで精一杯な人たちだっているんだよ、人生なめんじゃねー！」

と、発破をかけた後、私の話をしたようだ。

「原田さんみたいに、自分の責任をしっかり背負って生きていくって、俺たちと人生の重みっていうか、この流れていく時間、一分一秒からして同じじゃねえって。気付いたらこの曲が出来上がってたんですよ」

「ちょっと待った」

田仲さんがもう一度口を挟んだ。

「お前らには悪いんだけど、ちょっとだけ話が盛ってあるんだ。子供は原田さんの子じゃ

ないんだ」

「え、今さら!?」

今度はテレビスタッフが声を上げた。続けて、

「参ったな、そのままの感じでスィーッとイケませんかね」

とも言ってくる。そこに田仲さんが、

「昨今のテレビ事情を考えると、マーズくないっすかねぇ」

と、テレビスタッフの意見にやんわり釘を刺した。田仲さんは二度目のウィンクを私に向かってして見せた。

「ちょっと、今のは俺も初耳ですよ……でも、まぁいっか。原田さんの話を聞いたから俺たちがもう一度やる気を出してこの怠惰な人生から抜け出せたんだし。さ、続けましょ」

いつの間にかみんなの流れで出演が決まった。本当のことが嘘になり、本当のことを歌った曲が作り物となり、本当のことと信じ込ませたドキュメンタリーがフィクションとなる。混乱する私の脳裏にこんな時にぴったりの言葉が浮かんでくる……ケセラセラ?いや、ええい、ままよ!

吹っ切った私は撮影に応じることにした。そして放送予定日を確認して、一美のラインに連絡を入れた。

番組が放送されると、友人たちからの連絡で携帯電話やラインの着信がすごいことになっていた。地上波の人気番組の効果はものすごかった。今一番ノリに乗っているアーティストの恩人として私が、そして原田家、とりわけ一美が、苦労することなど気にもせず、困っているキャピちゃんに手を差し伸べたことが、美談としてクローズアップされたのだ。街の噂を払拭するには十分な内容だった。

そして、放送があったその晩の遅くに、一美は我が家に帰ってきた。

「あんな演出されたら家に居ないわけにいかないじゃない、『彼女こそ現代のマリア様』なんて言われちゃあね」

そう言って、笑みを押し殺した一美は足早に階段を駆け上がり、愛華の寝ている寝室へと消えていった。明朝、隣に大好きなママが寝ていることに、愛華は大喜びすることだろう。

しばらくして、ドアの開く音が聞こえると同時に愛華の泣き声が漏れだした。甘えたくて思いっきり泣いているのだろう。今までの寂しさと不安が入り混じった止むことのない泣き声とは違う、小さな子供が母に抱かれながら、気持ちを爆発させた泣き声を、私は心地良いとも感じながらソファに腰掛けていた。

いや、待てよ。何かが違う。愛華が泣きながら訴えていた。

「いきなりままはいやなのぉ、ぱぱがいいぃー」

やれやれ、やはりあの子は天邪鬼だ……

光の導き

暦の上ではもう秋なのに、暑い日が続く。それでも凜花は大きな病気をすることもなく、すくすくと育っている。

キャピちゃんが、相談したいことがあるというので、家内と二人で話を聞くことにした。

「そろそろ部屋を借りようと思うんです」

「そうか、どこら辺に住むか目星は付いてるの」

そう聞く私を遮って、家内が、

「まだ早いんじゃないの、十分なお金も貯まってないでしょ、絶対に苦労するからもう少しこの家に居なさいよ」

と、思いがけない言葉を発した。私の中では、家内はできるだけ早くキャピちゃんたちが出て行くことを期待していると勝手に思い込んでいたからだ。そして、キャピちゃんが自分の意見を続けた。

「でも、お陰様で凜花も周りの子供たちに比べると飛び抜けて速く成長してて、今後もいろいろなことを理解するようになるんだろうなって思うと、別れもつらくなると思うんです」

キャピちゃんは言っていた、「凜花を世界で一番幸せな子に育てる」と。この決断は、思いつきや私たちへの気遣いなどではなく、目標を達成するための、彼女の第一歩なのだ。

私たちは、キャピちゃんを甘く見ていた。なるべく長くこの家に居れば、生活の変化もなく出費も少なく済む。多少の気は遣っているだろうが、皆彼女に協力的だからメリットは大きいはずだ。しかし、その環境に甘んじることなく、自分で人生を切り開こうとしている彼女のフロンティアスピリットは強く、それに賛同した我々は、キャピちゃんの考えどおりに進めてもらうことにした。

引っ越すとなると、やはり地域と家賃から考えねばならないだろう。彼女の今の収入から割り出すと家賃は六万円くらいが妥当か。そうなると、この近辺で探すことは難しい。しかし、凜花を保育園に預けるには、保育ママに預けた実績があるこの区内で探すことが望ましい。ましてや遠方に引っ越すと、通勤も、真矢さんに預けに行くことも格段に大変になる。あとはキャピちゃんがどう考えるかだが、キャピちゃんと凜花と離れたくない私たち家族は、できればあまり遠い所はお勧めしたくなかった。

大田区内でも家賃の相場はかなり開きがある。安めの地域は、治安や環境面で少々不安がある。ましてやシングルマザーだと目の届かない部分も出てくるだろうから、家賃に変え難い部分がある。何を隠そう、その辺りの地域で生まれ育った私が言うのだから間違いない。心配な部分は少ないほうがいい。しかし最後はキャピちゃんの判断に任せるしかない。

「すごくいい所を見つけたんです」

数日後、キャピちゃんが引っ越し先の候補を持ってきた。聞くと、我が家から徒歩十分くらいの距離にある物件だった。

「家賃は少し高いんですけど、敷金礼金なしで、家具や家電も付いてるからすぐ引っ越せちゃうんです」

彼女なりに計算すると、そこなら真矢さん宅へも徒歩で通え、引っ越しの荷物も手で運べる。そして家具や電化製品を買い揃える費用もかからない。つまり初期費用がほとんどかからないので、家賃が安めの地域で費用をかけて引っ越しをするより断然お得ということだった。

「あと、これは甘えなんですけど、一美さんにも相談したいこととか、愛華ちゃんに会いたい時にもすぐ会えるし、これ以上良い条件はないと思います」

「いいじゃない。私たちだってキャピちゃんや凜花ちゃんに会いたいし」

家内は快諾し、「文句ないわよね」と言わんばかりのものすごい目力で、私を凝視した。

キャピちゃんはさっそく内見の申し込みをし、その週の日曜日に内見することになった。

当日は現地で不動産屋と待ち合わせのため、子供たちは直樹と里沙に面倒を見てもらい、私と家内、キャピちゃんの三人で内見予定のマンション前に行った。遠くからでも目的の建物の前にスーツ姿の男性が立っていることが確認でき、一目で不動産屋だと分かった。

「お待たせしました、朝日です」

と声を掛けると、

「お待ちしておりました」

とにっこり。見た目も清潔感があり、笑顔の素敵な好青年だった。簡単に挨拶を済ませて、部屋を見せてもらうことにした。

「オートロックで二階だし、いいんじゃない」

家内が言うと、

「そうなんです。これ以上ないセキュリティーです」

少し上ずった声で好青年が応える。若干緊張しているようだった。

「部屋の鍵も有料ですが、お取り替えもできます」

若い女性が住むわけだから、それはしてもらったほうがいいなと思う。

ドアを開けると、玄関まで太陽の光が入ってきてパッと明るくなる、とても良い日当りだ。使用感はあるものの、掃除も行き届いていて、綺麗な物件である。

「うんうん、いいね。決まり」

突然の、キャピちゃん即決発言。これには好青年も、

「え、いいんですか」

プロらしからぬ発言で、驚きを隠せずにいた。

「だってね、なんかドアを開けた瞬間に光の道ができて、あたしを誘い込んでくれたの。ここに住みなよって」

出ました。久し振りのキャピちゃんワールド。聞こえ方によっては、ここに潜んでいる何者かがキャピちゃんを呼び寄せているようにも聞こえてしまう。

「いや、ちょっと待ちなさい。一応中もきちんと見よう」

私はそう言って中に入り、リビングの中央でおもむろにズボンの左ポケットに忍ばせていた三つのビー玉を取り出して床に置いた。ビー玉はゆっくりと転がりだし、三つともキャピちゃんの足元に辿り着いた。

「ね、あたしを呼んでるでしょ」

さすがに首元がゾワッとなったが、なんてことはない。平らな床など存在しないんだし、私がキャピちゃんの位置に居れば、私の足元に転がってくるだけのことだ。私は心の中で、自分にそう言い聞かせた。そして、

「ここは小さい子供も大丈夫ですよね」

と、念のため確認をしてみた。

「はい。ペットは不可ですが新婚さんの入居もあるので、お子様は大丈夫です」

一番心配していた問題が片付いた。そして実際に住むキャピちゃんが決めたわけだから、彼女に任せよう。私たちは設備の説明を一通り受け、好青年の乗ってきた社用車に乗り、手続きのため不動産屋へ向かった。

不動産屋に着くと、店舗の前でがっちりした体格の従業員が私たちを出迎えてくれた。彼はにっこり笑い、店内の応接室に案内してくれた。

好青年が車を駐車場に停めに行っている間、出されたお茶をすすっていると、

「社長、お茶出しまでさせてすいません」

との声が聞こえた。外で出迎えてくれた彼は社長だった。

「お待たせしました」

好青年が戻り、手に持っていた契約書をテーブルに置き、説明を始める。

「契約には、本人と、連帯保証人の印鑑証明が必要になります。お持ちですか」

今日は一軒目の下見で、そこからいくつか候補を出してもらったり、こちらの条件を満たす物件を紹介してもらったりするだけだと想像していたので、事前の準備など何一つしていない。それはキャピちゃんも同様で、お互い顔を見合わせて口ごもってしまった。

すると好青年が、

「いや、即決のお客様も居るんですが、一瞬で決める方は初めてだったので驚きました。

本日は物件の予約ということで、書類に目を通していただいてサインだけしてください」と、よくあることなのか、円滑に話を進めてくれた。後から社長も入室し、

「若い方が物件を決める時にはよくあることなんですよ、今の若い方は直感が大事らしいですね。次回のご来店日を決めていただければ、こちらの物件は他には紹介しないようにしておきますのでご安心ください」

にこやかにそう言ってくださった。

早いほうが良いと思ったが、証明書関係の書類を取り寄せるのに時間がかかりそうなので、念のため来週の日曜日に再訪の予約をして、好青年の運転する社用車で家まで送り届けてもらった。

私たちは、終始スイマセンを連呼していた。

内見に出発し、家に帰るまで。そう、物件を決めるまでは、たったの三時間足らずの、あっという間の出来事であった。

契約の締結、鍵の交換や各種手続き、その他諸々を含め、引っ越しは二週間後。キャピちゃん、凜花との生活も、残り二週間である。

父の背中

朝の喧騒を感傷的に眺めている自分に気付く。子は鎹《かすがい》と言うが、凜花と愛華が私と家内とキャピちゃんの絆を深めてくれた。そして家内の寛大な心意気によって始まった、複雑な形ではあるが原田家の完成形に、今やキャピちゃんと凜花は欠かせない存在となっていた。

一日一日、こうしている間にも別れの時は近付いてきていた。すぐ近くに引っ越しをするだけなのに、会おうと思えばすぐ会いに行ける距離なのに、一つ屋根の下から居なくなるということは、私たちの寂しさを募らせるには十分だった。皆、口には出さないが、一挙手一投足を記憶に留め、残りの日々を噛みしめるように過ごしていた。物件の引き渡しが済み、キャピちゃんと凜花の引っ越しまで残り一週間を切ると、キャピちゃんが少しずつ荷物を運び出した。寂しい気持ちがより一層高まった。

「お義父さんとお義母さんに本当のことを話そうと思うんだけど」

私は、家内に決意表明のつもりで打ち明けた。

「今さら何を言ってるの、やめてよ」

当然ながら家内は反対したが、私は続けて、

「一美が機転を利かせて取り繕ってくれたけど、初めにお前に話をした後、お義父さんとお義母さんにもきちんと話して謝ろうと思ってたんだ」

家内は、少し沈黙した後、軽く首を横に振り、口を開いた。

「馬鹿正直って言うか、真面目なとこは変わんないのね。ま、そこが良かったんだけど」

「一美」

「じゃあ、好きにしたら、私も疲れてたのよね、ほら、嘘って一回つくとそれを補うためにまた嘘つくでしょ。こっちは仕事と家事と育児と、そんなことに神経使ってる暇ないから」

「ああ、そうするよ、有り難う」

一番困難だと思っていた一美の許可が簡単に取れたことに心の中ではあ然としたが、かなり心労をかけていたんだなと、感謝と謝罪の入り交じった気持ちのままリビングを後にした。次はキャピちゃんだ。

急いで階段を上り、キャピちゃんの部屋をノックした。

「こんなバタバタしてるところに悪いんだけどさ」

「な〜にだっさん、改まって」

「本当のことを一美の両親に話そうと思って」

「ふうん、いいんじゃない」

意外にも即答で了承してくれた。

「いや、なんて言われるか分かんないんだよ、大丈夫？」

「だっさんこそ大丈夫？　男がそうと決めたんじゃろ」

どこの姐さんだ。

「だっさんが勇気を出して一美さんに打ち明けてくれたから今、あたしたちとても幸せなの。だからだっさんの判断は間違ってないよ。いざ、未来を切り開け！」

またキャピちゃんワールドが始まった。


私は年齢と共にどんどん萎んでいく小さな勇気を振り絞り、インターホンを鳴らした。

このボタンを押すまでに私は、三度この家、そう、一美の実家の前を通り過ぎていた。

一度目は、やはりキャピちゃんとのことは言わなくてもよいのではないかという後ろ向きな気持ちが芽生えたため、もう少し考えをまとめようと、立ち止まりもせず通り過ぎ、二度目は家の前で立ち止まるも、突然聞こえてきた家の中からの物音にびっくりして、そのまま立ち去ってしまった。三度目は、家の窓に映った人影にビビり、走り去りながら、突然走り去っていく自分がとても怪しいと思い、歩きながら一美の実家の周りを一周して今に至るのだ。

なかなか決心のつかない私の頭の中で、またもあの声が叫んだ。

「ええい、ままよ」

やっとのことで私は、震える指先でインターホンの、この小さな丸いボタンを捉え、力を込めて押し込むことができた。

ピンポーン。

しばらくしてお義母さんが玄関を開けてくれた。

久し振りの一美の実家、一年のうちに何度かは私もお邪魔していたが、この件があってから、かなり足遠くなっていた。

「あの、これ」

用意しておいたポックポックのシガーラを手渡すと、

「あらやだ、気ぃ遣わないでちょうだいよ」

と言いながら、一応受け取ってくれたお義母さんに続き、玄関の中に入った。

靴を揃えて玄関から廊下に足をかけると、私の勇気はまるでこれから死刑台に上がるかのような、重く、暗い気持ちに変化した。一美の両親に正直に話そうと、正義感にも似た心情に溢れ、意気揚々としていた私だったが、いざここまで来ると決意が大きく揺らぎ始めた。世間話や将来店を持ちたいという話などにすり替えれば、今ならごまかせる。本来の目的と違う話題ならばいくらでも思いつく。なんとなく逃げ出したい。今、私は逃げ出したくなっている。自分で決めたことすら実行できない臆病者、それが今の私だ。そんな男になるために生まれてきたわけではない、男なら散り落ちてまでも堂々としていよう。

「ええい、ままよ！」

この日二度目のこの言葉に、私は大きく突き動かされた

「敬君《たかし》どうしたんだ、改まって」

「ちょっとお父さん、とりあえず座ってもらってよ、今お茶出すけど、麦茶でいい？」

返事もせず、私はお義父さんの前にひざまずき、土下座をした。

「不貞をしました。申し訳ありません」

深々と頭を下げ、おでこを床に付けた後、私は端的に事実を述べた。

「敬君、よく分からないから、ひとまず座って、ちゃんと説明してくれないか」

お義父さんは私にそう言い、指示に従うように私はお義父さんの正面の椅子に腰掛けた。

「実は、我が家に居る朝日さんですが……」

私は怒鳴られ、「二度と我が家の敷居をまたぐな」などと言われることを想像しながら
二人が出会い、行為に及んだ過程を説明した。

覚悟を決めた私は、こんな状況なのに、話しながらもリビングをじっくりと観察する余裕ができていた。ゆったりとした空間に大きなL字型のソファア、テレビボードの横の飾り

棚にはロイヤルコペンハーゲンのイヤープレートや、陶器の人形が品良く飾ってあった。カラフルな「ヒロ・ヤマガタ」の絵はイーゼルに立て掛けてあり、我が家のリビングとは比べものにならないほど、贅沢な空間の使い方がされている。目に映る光景を羨ましく思いながら、私は話を続けた。

「そして、朝日さんが、お腹に私の子を身籠ったことが分かり、不況で仕事を失くし、実家とも勘当状態になってしまったことを、正直に一美さんに告げました」

それから一美が渋々ながら我が家にキャピちゃんを受け入れてくれたこと、波乱万丈ありながら、今の我が家はとても固い絆で結ばれていることを説明し、

「今でも一美さんに、お義父さんとお義母さんに対して嘘をつかせていることを後悔し、反省したうえで、私の口から真実を伝えなければいけないと思い、本日こちらに伺わせていただきました。私の不貞行為、そして一美さんに嘘をつかせてしまったこと、大変申し訳ございませんでした」

椅子から立ち上がり、その場でまた座り込み深々と土下座をした。

しまった！　軽く頭を起こし目線を上げると、お義父さんとお義母さんの足が見える。きっと私のこの土下座は二人の視界にはまるで入っていないだろう。

「敬さん、いいから座って、ねえ、お父さん」

「ん、あ、ああ」

許可をいただき、再び椅子に座り直すと、

「まあ、敬君がここに来るってことは一美も知っているんだろ」

「はい」

「そして、この話をすることも」

「は、はい」

「じゃあ、そういうことだ」

お義父さんはそう言って、リビングの扉を開けると自分の部屋へと帰っていった。ガラス扉越しに見えたその後ろ姿は、憧れてしまうほど大きな父親の背中をしていた。

「あのね、敬さん」

リビングに取り残された私に、お義母さんが語り始めた。

「一美ねぇ、最近はずっと凜花とキャピちゃんの話ばっかりしているのよ。直樹はともかく、愛ちゃんの話なんてほんのちょっと、こっちが聞かなきゃするのも忘れちゃうくらいなんだから」

確かにこの間まで、家を飛び出した一美はこちらでお世話になっていたが、そんな話をしていたとは思わなかった。

「一美が許していて、敬さんも正直に話をしに来てくれたんだから、私たちが口を挟むことなんて何もない。お父さんもそう思ったんでしょ」

「いや、でも、本当に申し訳なくって」

「そんなふうに思わないでちょうだいよ、孫が増えた気で、なんか嬉しくなっちゃうわね」

この母にして一美ありだ。感謝の気持ちと、事実を告げ心の荷が少し軽くなった私は、帰り道、笑顔で涙ぐんだ。笑顔で泣いているおっさんが、こぶしを握り、

「ちくしょう、やった。ちくしょう、頑張るしかない。ちくしょぅおおおおお」

と小声で吼えているのだから、すれ違った人は気味が悪かっただろう。

最高の家族写真

ついにキャピちゃんと凜花とのお別れの日が訪れた。

いつもと違うよそよそしい空気と、それをかき消そうといつもどおりに振る舞おうとするちょっとくすぐったい感覚。

「やだーキャピちゃんたら」

「ごめんなさい一美さん」

いつも以上に甲高い声を出して平静を装う家内とキャピちゃんを見ると、女性はこうやって強くなっていくのか。それを目の当たりにした。

私は居ても立っても居られず、部屋に戻った。何かに感づいたのか、愛華も付いてきて、私の傍らで私の顔を覗き込むように見つめてくる。

「あいちゃんとおとうさん、またふたりになっちゃったね」

やはり、いつもと違う雰囲気を感じた多感な愛華も、自分の居場所を探していた。

キャピちゃんは利口な女性だった。引き渡しが済んだ日から毎日、真矢さんに預けた帰りや休みの日に、凜花を引っ越し先のマンションに連れて行き、場所見知りをしないように新しい自分たちの城で遊ばせていたのだ。

六人家族から急にママと二人きりの生活になる不安を、せめて居場所だけでも安心できるように慣らしておいたわけだ。引っ越しの件も全て計画性のあるものだったし、知恵のある女性だと改めて感心した。

「ご飯できたよ〜」

家内の呼ぶ声でリビングに下りていく私と愛華、見ると直樹もすでに着席していた。

「きゅうしょくきゅうしょくうれしいな〜おててもきれいになりました。み〜んなそろってごあいさつ。おててをぱっちんごいっしょに　いただきます！」

と歌う愛華に合わせてみんなで歌う。これが原田家の最近のしきたりだ。

献立は、オニオンのスープ、オムレツ、コーンとキャベツのコールスローサラダ、ウインナー、そして焼きあがったトースト。

ダイニングテーブルを彩り良く飾ったこのメニューは、キャピちゃんが我が家に入った初日に作ってくれたメニューだった。

あの日よりもしょっぱい。味の好みが変わったわけではない。目から知らず知らずに落ちてくる汗が、心の汗が、とめどなく溢れてくるからだった。

もうなりふり構わない。

「おいしいよ。俺も頑張るからキャピちゃんも頑張れ」

「頑張り……うぇーん」

朝の涙の大合唱、子供たちはけらけら笑っているが、そんなの気にしない。

「うぇーん」


食事が終わり、お別れの時間が来た。

全員揃って家の前で写真を撮ることにした。

誰でも構わない。最初に家の前を通った人にシャッターを押してもらうことにした。

すると、待つことなくお隣の玄関が開き、濱田さんが出てきた。

「朝からお揃いで、お出かけですか？」

そう言う濱田さんに、

「旅立ちです」

と、キャピちゃん。

「写真を撮ってもらえませんか」

濱田さんにスマートフォンを渡し、家の前で整列した。

私は中央で右腕に愛華を抱え、左腕で同じように凜花を抱き、私の右側に家内と直樹、左側にキャピちゃんを呼び寄せ、満面の笑みを浮かべた。

家の前で撮っただけのスナップ写真。

その写真は、今でもリビングで一番大きく飾られている、私たち原田家の最高の家族写真である。

著者プロフィール

原 敦（はら あつし）

半フィクション作家。

飲食店、建築資材商社、植木職人、家具メーカー、キッチンメーカー、不動産業など様々な職業での経験をもとに半分現実、半分創作の作品を執筆する。

1970年生まれ。

東京都出身、在住。

家族のカタチ ～彼女の旅立ち～

2023年2月15日　初版第1刷発行

著　者　原 敦
発行者　瓜谷 綱延
発行所　株式会社文芸社
〒160-0022 東京都新宿区新宿1－10－1
電話 03-5369-3060（代表）
03-5369-2299（販売）

印刷所　神谷印刷株式会社

ISBN978-4-286-25006-9